# 一位陌生女子的來信

*Letter from an Unknown Woman*

斯蒂芬・褚威格——著 沉櫻——譯

# 作者簡介

褚威格（Stefan Zweig, 1881—1942）為奧國近代大文豪之一。關於他的作品，羅曼・羅蘭曾有一篇評論的文章，說得非常詳盡透徹，只是篇幅稍長，放在這本小書前面，似乎不太適合，所以現在只能參考擇錄，以作簡介。

褚威格是在少年時代便已成名的詩人，後來又成為理論家、批評家、小說家，可說在文學的各部門，他都曾致力過，而且難能可貴的是都蔚然成家。

他的藝術家人格最大的特點是求知的熱情，也就是什麼都要看到知的衝動，他成為一位熱切的旅行家，永遠不停地在旅行。他的足跡踏遍各處不同的國土，隨時隨地觀察記錄著，在沿途的旅店內寫他的作品，並且閱讀各種書籍，到處搜羅名人手跡，如火如荼地發掘著偉大人物的秘密，偉大熱情的秘密，以及偉大創作的秘密。他強迫天才說出他們的奧蘊，為了要更懂得愛這些天才，他運用著佛洛依德的犀銳的鎖鑰，成了靈魂的獵者。他所獵取的靈魂都是活生生的，不曾加以絲毫損傷。他是以輕巧的腳步，在森林的邊緣逡巡著，冷靜而又熱情地在傾聽著、窺探著那裡面飛禽走獸的活動。

據說同情心是知識的鎖鑰，這話用在褚威格身上，是很對的；但反過來說知識是同情心的鎖鑰，也是對的。他是藉智力而生愛，藉情意而理解。

褚威格在藝術上的重要特點是重視結構。他不但重視一篇作品的結構，就是一本文集的結構也不忽略，因此他的每一篇文章都是一種完美，每一本書都是一種和諧，像用準確精細的藝術計算好而寫出來的。在當今這個不求連貫、七拼八湊便出文集的時代中，這是非常稀有而例外的事。這種高尚細膩的音樂感覺，是一般習慣於亂糟糟的耳朵和眼睛所不能充分注意到的，而在有音樂修養的人，卻把這認為是褚威格作品中最可愛的東西，應該特別指出來說，他每一本書都好像一首交響樂，有一個選擇的音質，並且有幾個段落。他的全部作品可分為幾組，每組好像一座多摺的屏風，每本書好像那屏風的一摺，獨立而又接連。

在批評方面，他的兩本主要作品是《三大師》和《惡魔的搏鬥》，都是屬於精神分析部門。前者作於一九二〇年，是一本小說家心理學，寫的是巴爾札克、狄更司和杜斯妥也夫斯基。後者是創造精神的分析，寫的是霍爾德林（今譯賀德林）、克拉斯托（今譯克萊斯特）和尼采。

他的短篇小說，組成了三個瑰麗的集子。每個集子都以一個主題為中心，每個集子前面，好像序曲似的，都有一首鏗鏘的十四行詩，指出這個集子的素質。第一個集子是《人生的初次經歷》，第二個集子是《蠱》，第三個集子是《感情的紊亂》。其中最為大家欣賞的幾篇是〈蠱〉、〈一位來自陌生女子的來信〉、〈一個婦人生活的二十四小時〉、〈心的毀滅〉和〈女教師〉等。

他的作品就是他的靈魂獵獲物。在他遊獵的森林裡面、襞積裡面、牢穴裡面，深水之濱、高原之上，他遍歷整個人類的靈魂，洞察人類靈魂游牧的熱情。他喜愛人類心靈之形形色色的表現，什麼也沒有被委棄於他的貪婪的同情心之外。他從事心靈的探討，人性的發掘，是出自宗教家一般的悲天憫人的動機。他那不動聲色的描寫，有著使人同聲一哭的感動力，和時下一般作品中殘忍離奇的分析、冷酷無情的暴露截然不同，這是我們應該注意分辨的。

# 譯後記

有人說：「少年時代最大的快樂就是讀書。」我非常同意這句話，因為這也正是我的經驗。

當一個總是央求大人講故事的孩子，粗通文字之後，自己摸索進了小說世界，那種驚喜實在是無可比擬的。少年人有的是時間、精神和好奇心，一本小說到手，可以一口氣讀完，從來不知疲倦，並且到處搜求，不管是好是壞，一本接一本地讀，也從來不覺厭煩。少年人讀書的胃口正和吃飯的胃口一樣健壯，狼吞虎嚥地什麼都要吃，也都好吃。我幾乎讀遍了中國的舊小說，就是在進中學之前兩三年的事。照說有些書的內容是不應該讓小孩子看的，也有些書的文字是小孩子看不懂的，但由於故事的吸引力，我竟生吞活剝地都吃下去了，而且也並無不良後果。相反的是看完《聊齋志異》、《東周列國志》、《三國志演義》之類的文言小說之後，給家人代筆寫信，文縐縐的竟頗像樣起來，因而時常受到長輩的稱讚；後來進了中學，寫起文言文來，也似乎比只讀國文課本的同學好些，又因而引起作文的興趣。實在說，就是現在，我也很感謝那幾部小說給我的文言訓練，使我能用簡短的文言處理英文複句中的子句，譯文念起來不致過分冗長拗口。

我的喜讀小說，可分兩個階段，進中學以前讀的是中國舊小說，進了中學之後，開始讀翻譯小說。因為當時文壇健將周氏兄弟譯文的優美，曾使我特別嗜讀日本小說及北歐各國的小說，再後是俄國、法國、德國以及英美的小說。這些世界各國的文學作品，我最初讀的都是中文譯本，大學時代，在中文譯本讀到無可讀的時候，才到圖書館中勉強去讀英文譯本。記得我第一次接觸到的英文小說，是一本厚厚的《莫泊桑短篇小說集》，由於那譯文的淺明易讀，竟從此建立起我更進一步讀英文書籍的信心和興趣。

抗戰期間在重慶，英文讀物非常缺乏，中文的也不多，偶然讀到新書，特別覺得珍愛。當時有兩本最使人驚喜的小冊子，就是中文翻譯的〈一位陌生女子的來信〉和〈馬來亞的狂人〉（即〈蠱〉）。讀後很想再讀一點這位作者的其他作品，卻怎樣也找不到，勝利後回到上海，才得到一本英文譯的他的短篇小說選集《萬花筒》。這本書帶到臺灣來後，時常翻閱，曾陸續譯出〈奇遇〉、〈看不見的珍藏〉、〈情網〉、〈月下小巷〉（另外還譯出一篇〈怕〉，曾登聯副，但未存稿）。我雖然不懂德文，但對這位奧國文豪的作品，卻越來越覺喜愛，並且越來越懷念以前讀過的他那最著名的〈一位陌生女子的來信〉及〈蠱〉。時常留意尋找，直到前年在美國買到他的另一選集《高貴的遊戲》，才又看到並且把它們翻譯出來。自然我不敢說這能及得上以前的譯本，但當〈一位陌生女子的來信〉在新生副刊登載時，竟有那麼多的讀者，寫信到報館或是直接寄給我，表示他們的喜愛。尤其事隔很久之後的現在，我已把這幾篇小說編排付印，並以這篇為書名，就要出版了，還有讀者寫信給報館，舊事重提地說，記得在新副讀過一篇叫〈一位陌生女子的來信〉的小說，他和他的朋友們都覺得很好，為什麼不出單行本呢？想到有人和自己一樣地喜歡這篇小說，以致念念不忘，實在說不出的高興。現在把同一作者的其他幾篇小說，編集出版，想來一定能得到他們的欣賞，帶給他們快樂，還有什麼比與人共賞同樂更愉快的事？一個為興趣而翻譯的譯者，除此之外，又還有什麼希求呢？

說到翻譯，有人認為文學作品嚴格地講起來是不能翻譯的，尤其不能輾轉來譯，因為由文字組成的完美，一經變動便要破壞，何況一變再變，當然要精華消失只剩輪廓。我們看譯成外文的中國名著，確是有此感覺，反過來想自是一樣。但是精通數國文字，不是人人可以做到的事，不靠翻譯又能怎麼辦呢？再者想到外國有許多學人文士是不識中文而愛中國文學和文化的，像德國的文豪赫曼・赫塞看了翻譯的中國詩後，喜歡得甚至說西洋詩再也不值一顧；還有美國的文哲梭羅，在他那有名的《湖濱散記》中，動不動便引用孔子的話，不懂中文而竟那麼深愛儒家思想。可見翻譯雖然無能，還不至於全然無用。佳釀即使只剩下了糟粕，也還是有著特殊的芳香，這大概就是我始終愛讀翻譯的原因。

由於愛讀翻譯而嘗試翻譯，又把零星譯出的東西，編成集子出版，這種野人獻曝似的行徑，雖然難免貽笑大方，想想倒也無傷大雅。然而每次出書我都有種惶恐之感，這是因為有人見我譯的作品各國都有，以為我對西洋文學很有研究；又有人見我時常翻譯，以為我寫作也不成問題。其實我是非常疏懶而又自私的人，對什麼都只願享受不願從事，僅有欣賞的興趣，並無研究的魄力，更乏創作的熱情。像愛聽音樂，從未想到做音樂家；愛著繪畫，從未想到做畫家；愛種花草，從未想到做園藝家；同樣的愛讀文學作品，也從未想到做學者或作家。因此，儘管表面上舞文弄墨編集出書，實際上我始終只是個讀者，像這本小書就是我愛讀翻譯的又一轉譯的嘗試，供獻出來也不過為了再享一次與人共賞的快樂罷了。

五十六年三月於臺北

# 目錄

# 一位陌生女子的來信

名小說家亞爾曾上山去度假，現在一大早回到維也納來。在車站買一份報紙，打開一看那日期，才猛然想起這天是他的生日。「四十一歲了！」閃電似的這麼想了一下，既不高興也不感傷；坐上計程車，瀏覽著報紙向家中駛去了。到家之後，僕人對他報告著曾經來訪的客人和電話留言，又呈上一疊等待他拆閱的信件。他撿出一兩封對發信人有興趣的先打開來，其餘的隨便望了望就放下，想等以後再看；可是那裡面有一封非常厚，信封的字跡又很生疏，引起了他的注意。等他舒舒服服坐在安樂椅上，喝著早茶、讀完報紙之後，這才燃起一枝香煙，再轉身去看信。

那是像文稿而不大像信函的一封信，幾十張信紙上寫者潦草匆忙的女人字跡。他不由得又對那封信看了一遍，想剛才也許漏看了發信人的姓名和住址；但仔細反覆地看著，實在是裡外都沒寫。「好奇怪！」他這樣想著，便開始去讀那信了。信上開頭的稱呼是「你，永遠不知道我的你」。他迷惑了，這是稱呼他呢？還是指一個虛構的人物？這引起了他的好奇心，一直讀下去。

「我的小兒子昨天死了。為了他這個脆弱的小生命，我和死神奮鬥了三天三夜。流行性感冒的高燒連續四十小時，使他的滾燙的小身體抖個不停，我坐在他的床邊，日以繼夜、夜以繼日地冰著他的頭，握著他的手。到了第三天的晚上，我實在筋疲力竭了，眼睛不知不覺閉了起來，大概是倒在板凳上睡了三四小時；竟在這時候，死神把他帶走了。

現在，我的親愛的小兒子還是像他死時那樣躺在他的小床上，可是那又黑又大的眼睛閉上了，兩手交叉地放在胸前，四枝蠟燭點燃在小床的四角。我不忍再去看他，因為燭影搖曳地落到他的臉上，好像他的嘴眼在動；這使我覺得他並沒有死，他還會醒來用他那清脆的聲音對我說天真可愛的話。但我知道他是死了，我再也不要去看他；多一次希望，多一次失望。我知道，我知道我的小兒子昨天死了。現在這世界上，我只還有你了，只還有你這位不知道我的人，你這位只知享樂不理一切的人，你這位從不認識我而我不停地在愛著的人！

現在我點了第五枝蠟燭，坐在桌前來給你寫信，因為我不能獨自守著死去的孩子而不把自己的心事找個人吐露了。可是在這時候，除了你，除了曾經是而仍然是我的一切的你，我還能找誰呢？也許我不能把自己說得明白，也許你對我不能了解。我的頭這麼沉重，我的脈這麼急跳；我的四肢這麼酸痛，想來一定是在發燒了。這一帶流行性感冒非常猖獗，我大概也傳染上了。如果能這樣和我的小兒子同路而去，不必自己來結束自己，倒也不錯。現在我的眼前陣陣發黑，也許不能把信寫完，但我總要盡力而為；因為這一次是唯一的一次，我要對我所愛的而從來不知道我的你傾訴一切。

你是我唯一想吐露心事的人。我要告訴你每一件事，要你知道我整個的一生。那是完全屬於你而你卻一無所知的，但是我的秘密只有在我死後，沒有人再要你回答什麼的時候，你才會知道；只有在我這惡寒發熱確實表示是我的終結的徵兆時，你才會知道，如果我還會活下去，我就要撕碎這信，仍像以前那樣保持沉默。如果你接到了這信，那就是一個去世的女人，在向你說她生前的故事，與你有關的她生前的故事。你用不著害怕，已經死去的人是不會要求什麼的；愛情、憐憫、安慰都不要，只要你充分相信是痛苦的壓力使我把秘密洩露給你的，此外別無所求。相信我的話吧，一個母親，在她唯一的亡兒床邊，是不會說謊的。

我要把整個的一生告訴你，就是從看見你的第一天開始說起。在那以前，我的生命是黯淡雜亂，像一間布滿灰塵、霉味和蜘蛛網的頂樓；雖然也有人有物，但與我的心靈毫無關連。你走進我生活中的那年，我是十三歲，就住在你現在所住的地方，因為我們兩家的房子是對門。你當然已經忘記了，早已不記得那戴孝的會計師的遺孀和那個瘦小怯弱的女孩子。我們總是安安靜靜的保持著沒落的大家風範，你大概連我們姓什麼都不知道；因為我們大門上沒有掛名牌，也從來沒有人來找過我們。再說，又是那麼久了，已經十五六年，你當然不可能還記得。但是我，我是多麼熱情地在記著這一切瑣碎的細節；一想起我初次看到你、聽見你的那一天，那一刻，就好像是剛剛發生的事似的。要知那是我的世界的開始，怎能不這樣呢？請耐心聽我說下去，我要從頭到尾把每一樁事都告訴你，請不要連這一會兒也嫌煩。我愛你愛了一生之久，都不曾嫌煩過。

在你搬來之前，住在我們對門的是些很可怕的人，老是吵架。雖然他們也很窮，但恨我們窮得比他們高尚。那家的男人常喝酒打他的妻子，我們半夜裡被摔盤子推椅子的響聲驚醒。有一次，他把她打得滿身是血，披頭散髮地跑出來，他還在後面追著辱罵；直到大家都出來看，恐嚇他說要喊警察了，這才算完。我母親從不和他們打交道，也禁止我和他們的孩子玩；但因此，一有機會他們就作弄我，在街上遇見我就喊我、罵我，有一次還丟雪球打我，把我的額頭都打傷了。這裡所有的人都討厭他們。後來不知發生了什麼事，他們被迫搬走，大家才覺鬆了口氣。過了幾天，那門口掛出『招租』的牌子，接著又取了下來，看房子的人告訴我們說，有一位作家租去了；並且說他是單身漢，一定很清靜，這是第一次我聽見你的名字。

過了沒幾天，那房子便徹底修理起來。自然那些油漆裝潢的工作聲音是很吵人的；但我母親非常高興，她說這樣一來，就再不會看見那雜亂無章的景象了。在修理房子的時候，我沒有遇見你。指揮那些工作的是你的僕人，那位灰白頭髮的小老頭態度很莊嚴，一望而知是在大戶人家做事的；他那種一本正經的認真樣子，使我們大家都對他有很好的印象。這類上等社會的管家人物，在我們這種郊外公寓是罕見的；並且他非常有禮貌而又沒有一般僕人的勢利眼，一見面他就對我母親很恭敬，連對小小的我也很客氣。他說到你的時候，總是流露著像一家人似的無上親切的感情。我一直對這位老約翰有好感，就是為了這個；雖然我同時也在嫉妒他，為了他有常常看到你、服侍你的特權。

你知道我為什麼要告訴你這些瑣事嗎？是要你了解，怎樣從一開始當我還是一個羞怯的小女孩時，你這人已經在我身上發生了無比的魔力。在我未看見你之前，已先望見你頭上的光圈了，你是被財富、榮譽和神祕包圍著的人。生活圈子狹窄的人們，是特別想看新奇事物的；因此我們這大樓內的人，是那麼急切地在等待著你的搬來。而我呢，有一天放學看見家具已堆在門口，那好奇心更是高達到極點。大件的木器已經搬進去了，現在那些搬運的人正在搬小物件。我站在門口，一面觀望一面讚賞，因為你的每一樣東西，都和我一向所見的不同。那是些印度偶像、義大利雕刻，還有大幅的色彩鮮明的畫。最後運來的是書籍，如此可愛的書籍，多到超出我所能想像的數量；它們堆疊在門口，那老僕人小心翼翼地一本本地拂拭著上面的灰塵。我貪婪地在望著那書堆的加高。你的僕人沒有把我趕走，但也並不給我鼓勵；所以我不敢去碰它們一下，雖然我是多麼想摸一摸那光滑的皮封面呀！我怯怯地去偷看了一下那些書名，很多是法文的、英文的，還有我連一個字也不認識的語文的。我真想站在那裡看上幾點鐘，但是母親喊我，只好回家去了。

我整晚上在想著你，雖然我還沒有看見你。我只有十幾本廉價書，放在破書架上。我愛它們勝過世上所有的一切，不停地讀了又讀。現在我納悶著，這位有著這麼多書，讀了這麼多書，懂那麼多語言，富有而又博學的人，是怎樣的一個人呢？這麼多的書引起我的尊敬。我在心裡想像著你的樣子，想你一定是個戴著眼鏡、留著白鬍子的老人，像我們的地理老師那樣；不過，也許比他和藹點、文雅點。不知道是怎麼一回事，既然把你想像為老人，卻又認定很漂亮。就在這晚上，我第一次夢見了你。

第二天你搬來了，雖然我在窺探著，但總沒看到你的臉，這失敗也就更燃起我的好奇。在第三天，我總算看到了！當發覺你和我那幼稚的心中所想像的老祖父大不相同時，我是怎樣地吃驚呀！我等著看的是位戴眼鏡好脾氣的老人，而到來的竟是個時間不曾在臉上留下任何痕跡的人。你穿著一身淺褐色服裝，上樓的時候，帶著少年人的輕快，兩級一步地跳上去。你的帽子拿在手上，我很清楚地看見你那神采奕奕的面孔和年輕人的頭髮。你的英俊瘦削而又整潔的外表，把我驚嚇住了。多奇怪，從第一眼，我就看出你將是個使我和其他那些人繼續吃驚的人物。我看出你是雙重人格合而為一的；你是個熱情樂觀、不思不想、愛好運動和冒險的人，同時又是個博學深思、富於責任而敏感的人。莫名其妙地，我竟像所有接近你的人那樣，知道了你在過著兩種生活。一種是眾所周知、公開於世的，另一種是避開社會而只有你自己知道的。我這個十三的女孩子竟被吸引著走進了你的殼內，抓住了你生活的秘密，一眼便看出了你那兩種生活的截然劃分。

現在，你可能了解，對於小孩子的我，這是一個怎樣令人驚奇的眩惑的謎嗎？在這裡有一個人，大家談到他總有無限敬意；因為他寫過很多書，他是世界聞名的作者。但是，在我的面前，他竟忽然顯露出活像個二十五歲的活潑快樂的青年人！不用說，從此以後在我那狹隘的世界裡，你成了唯一使我感覺興趣的對象；我用那幼稚的忠誠，把自己的生活圍繞著你。我注意著你，注意你的生活習慣，注意那些來看你的人——而這一切，沒有減輕反而加重了我對你的好奇。因為從那些截然不同的來客中，正反映著你那天性相反的兩面。他們有些是你的同行後進，服裝不整的青年學生，你同他們又說又笑；而有些，則是坐著汽車來的貴婦人。還有一次是歌劇的大導演——過去我只曾遠遠望見過他，手裡拿著指揮杖——來拜訪你。另外還有些女孩子，好像在大學讀書的女孩子，忸怩地溜進去。在你的來客中，大部分是女性，但當時沒有想到這一點；甚至有一天我上學去的時候，看見一個嚴密地包著面紗的女人從你的家裡走出來，我也沒有想到。那時我才十三歲，由於還未成熟，竟一點也沒覺出自己這種窺視著你的生活的熱烈好奇，已經是愛了。

但我知道，是哪一天哪一刻，我清清楚楚地把整個心給了你的。那天，我和一個同學散步回來，站在樓下大門口閒談。一輛汽車駛來，剛停住，你便從裡面跳出來；你那昂頭闊步敏捷的姿態，總是不停地吸引著我。看見你就要推門進來的時候，忽然一個衝動使我走上去為你打開了門。這樣，我到了你的身邊。你用一種興奮親切的眼光像愛撫似的把我望了一下，同時溫柔地微笑著，很斯文地，不，很誠意地說：『多謝，多謝！』

事情僅僅如此。但就從這一刻，你對我親切溫柔地一笑的這一刻，我便成為你的了。後來，自然是很久以後，我才知道你對接近的女人有種特別的眼神：那是一種撫愛、一種迷惑，一種立刻能進入人的心中，使人無法抗拒的天生魅力。你毫不自覺地這樣望著那些為你服務的女店員、那些為你做事的女侍。你並不是有意要征服所有的女性，但由於對異性的敏感，你的眼光一落到女人身上，便立刻充滿柔情。在十三歲的年紀，我自然沒想到這點，而只覺在火邊似的溫暖，並且相信這溫柔是為我表示的。就在這一刻，這個半大孩子立刻覺醒成為一個女人，一個在未來的時刻中一直屬於你的女人。

『那是誰？』我的朋友問。我一時答不出話來。想說出你的名字，竟成了不可能的事；因為它對我忽然變得神聖起來，成了我的秘密。『呵，一個住在這房子裡的人。』我很不自然地說。『那他看你的時候，幹嘛還臉紅得那麼厲害？』她是個早熟的孩子，嘲弄地問著，我覺得她在尋我的開心，快要揭穿我的心事了，兩頰更紅起來，便故意對她生氣，粗魯地說：『你這個傻瓜，胡說什麼？』我簡直想捏死她。她頑皮地笑著，把我笑得真動了氣，氣得兩眼含淚；丟下她在門口，我便跑上樓去了。

從那以後，我就愛起你來。我知道你是聽慣了女人對你說她們愛你的話的，但我敢說，絕沒有一個像我愛得這麼徹底、這麼厲害的，沒有什麼能和一個孩子的暗中熱愛相比的，這是無所希求無所企圖，絕對的耐心絕對的深情。這是成熟女人的貪婪之愛中所不能有的，只有孤獨寂寞的孩子才能培養出這種感情。在別人，會把這種感情浪費在普通友誼上，消散在知心傾談中，會把它當玩意兒來玩弄，會把它當男孩子第一次吸煙似的來炫耀；因為他們聽說過或是讀到過很多，知道這是誰都會遇到的，不足為奇。但是，我沒有知心好友，也沒有受到教導或警告，毫無經驗、毫無預感，我是盲目地奔跑著去迎接命運。每一件激動我的事，發生到我生活裡的事，似乎都要集中到你身上，我意想中的你的身上。我父親早就去世了，我母親除了想著那靠一點津貼維持生活的艱難之外，別的什麼也不想，所以她和一個正在長大的孩子完全談不上來。我的同學呢，不是愚蠢就是早熟，對於我認為神聖的崇高之情，她們常表示著輕佻態度，使我感到很不愉快。結果，我和別人越來越疏遠，整個的心都集中在你的身上，你變成了我的——用什麼比喻才能恰當地說出我的感覺呢？你變成了我的生活的全部。除了與你有關的事，什麼都像不存在；除了想到你的好惡，什麼都像沒有意義。你改變了我的一切。在以前，我本來對學校功課漫不經心，成績平平；現在，忽然成了第一名。我一本又一本讀著書，常讀到深夜不睡，因為我知道你是愛讀書的人。使我母親大為驚異的，是我開始近於固執地去練鋼琴，因為我想像中你一定是喜愛音樂的。我學著縫改我的衣服，想讓你看起來順眼點。我的制服圍裙上有個補釘（因為那是母親的披肩改的），這成了我的痛苦，我怕你看到了會瞧不起我；於是每逢上下樓梯，總用書包遮住它，唯恐被你看見。其實，我是多麼傻呵！你幾乎再也沒有望過我一眼！

但是，我的日子還是用在等待和窺探上。在我家大門上有個小洞，可以望見你的大門。親愛的，請別笑我，就是現在，我也不以在那小洞上偷看為羞。那前廳是冰冷的，又害怕著引起母親的懷疑。就是這樣，我還是整下午地在那裡望著。在那些歲月中，我總是一書在手，緊張得像根琴弦，只要你一碰到，它就要顫抖。我一直貼近著你，一直緊張著，但你從無感覺，就像對你袋內的錶弦沒有感覺一樣。雖然它忠實地為你報時，用滴答的節奏伴著你的腳步，換來的卻是難得的匆匆一瞥。我知道你的一切，像你的習慣，你愛用的領帶，你的每一套衣服；不久，我記熟了你那些常來的客人，和哪些是我喜歡的，哪些是我不喜歡的，從十三歲到十六歲，我的每一小時都是你的，什麼傻事我沒有做過？我吻你觸過的門柄，撿你丟棄的煙頭；晚上不知找過多少藉口，跑到街上看你哪一個房間亮著燈光，從那燈光我更清楚地感到你的存在。當你出門去的時候（每逢看見老約翰提著你的旅行箱下樓，我的心便像停止了跳動），我的生活成了空洞無聊，整天煩得要死，亂發脾氣，走來走去不知做什麼才好；但又要假裝忍耐，恐怕我那黯淡的眼神會洩露出我內心的痛苦，會讓母親發覺。

我知道，現在所寫的不過是一個女孩子的過分幻想，一些可笑的荒唐胡鬧，我應該覺得害羞的；但是我一點也不覺得可羞，因為我的愛情從來沒有比這時更純潔更深沉過。我可以幾天不停地告訴著你，我怎樣和你一同生活而你竟幾乎沒有看見過我。當然你不會看見我，因為如果在樓梯上遇見而無法躲過，我總是趕快低下頭來，避開你那火焰般的視線，快得像怕燒焦而向水中跳去的人一樣。我可以幾天不停地告訴著你，關於你早已忘記的那幾年的生活，像翻一本你的生活日曆一樣，但是我不要用這些瑣事來煩擾你了。只還有一件事，我想告訴你，因為那是我童年中最了不起的一件事，請不要笑我，雖然在你是件小事，而在我卻無限的重大。

那大概是星期天，你出去了，你的僕人把地毯拍打好了之後，想拖進那開著的門內去；但他到底年老力衰了，有點拖不動的樣子。我忽然鼓起勇氣走上去問他可要我幫忙嗎？他吃了一驚，但沒有拒絕。我可能使你了解，我是帶著怎樣的敬畏虔誠的心情踏進你的房內嗎？我看見了你的世界，你常坐在那裡的書桌（**桌上有個藍水晶瓶插著些花**）。那些書、那些畫，我都匆匆都偷看了一眼。雖然明知，如果我去請求那好心的約翰，他一定會讓我多看看的；但是我認為吸一吸那氣氛已經夠了，已經夠做我無窮無盡日夜夢想的新資料了。

這短短的一刻，成了我童年最大的快樂，我要告訴你，你雖然不認識我，總可開始了解我的生活是怎樣依靠在你的身上。現在我要告訴你的，是緊接而來的可怕的時光了。像我上面所說的，我因為一心想著你，別的一切都不再注意。對於我母親的行動和她的客人，全不理會。竟沒看出有一位有點親戚關係在茵斯布拉（**今譯茵斯布魯克**）經商的老紳士，常來我家，是有用意的；我只很高興他有時帶母親出去看戲，留我一人在家，不再有人打擾我對你的想像和窺探。但是有一天，母親忽然嚴肅地叫我，說有點要緊的事要同我談談；我立刻臉色蒼白，心也亂跳起來。她猜疑到什麼了嗎？我在什麼地方露了馬腳嗎？我第一個念頭就是想到你——維繫著我的生命的秘密。但我的母親是有著她的困惑不安的，她從未有過的那麼熱情地一再吻我，把我拉到沙發上坐下來，有點歇斯底里而又不好意思地告訴我說，那位目前是鰥夫的親戚，曾向她求婚，她為了我的緣故答應了。我只有一個念頭，還是想到了你，急切地問：『我們還住在這裡，是不是？』『不，我們要搬到茵斯布拉去，他在那邊有座很好的別墅。』我沒有再聽見別的，眼前變成一片漆黑，後來才知道是暈過去了。那以後幾天的情形，我不能一一告訴你了；總之，是一個毫無力量的孩子，怎樣徒然失敗地在反抗權威的大人。就是此刻，我一想起來，手抖得幾乎不能寫下去。那時我不能說出自己的心事，只有亂發脾氣，無理取鬧；他們也就不再對我說什麼，一切都瞞著我在進行。每次我放學回來，家中總有什麼東西搬走了或是賣掉了。我的生命像被摔破了似的。終於有一天，我回家吃晚飯的時候，看見搬運家具的人在打掃屋子了。那空房裡，只剩下幾個疊堆著的箱子，和留給母親和我睡的兩張行軍床；因為，只再住這一晚，明天就要到茵斯布拉去了。

在這最後一晚，我忽然下了決心，絕不能離開你。你是我的世界，很難說當時是在想些什麼，也許在那絕望的時候，我是什麼都不能想了。母親出去了，我站起來，連學校的制服也不換一下，便那樣子到了你的門口。那簡直不能說是走去的，因為我四肢僵硬，骨節顫抖，好像是磁石吸過去的。我想投身跪到你的面前，求你收留我做一個女僕或一個奴隸；同時，又不由得怕你會笑我這個十五歲大的女孩的癡愚。可是，又想你如果看到我站在這裡發抖的樣子，也許不會笑的。有一種不可抵抗的力量在鼓勵我，我的手自動地舉起來了；掙扎又掙扎，多可怕的一刻呵，我的手終於按了門鈴。那驚心動魄的響聲，至今還像在我耳邊。接著是一陣靜默，靜到好像心都不跳、血都不流了。我靜靜地傾聽著你的走來。

但是，你沒有走來。誰也沒有走來。那天下午，你一定是出門去了，而約翰也剛好不在。我帶著耳中仍然在響的鈴聲，偷偷地退回到我們的空房。進門後，便倒在一塊地毯上，動也不動了；那幾步路已累得我筋疲力竭，好像在大風雪中趕了多久的路似的。縱然如此疲憊，我的決心仍在燃燒；在他們帶走我之前我要見見你，要同你談談。但我絕無別的念頭，我完全是一派天真；除了你，從未想到過別的。我希望的，只是再見你一次，貼近你一次。那一晚，我一直在等候著。母親睡了之後，我便立刻溜到前廳去聽你回來的動靜。那是寒冷的正月的晚上，我又那麼疲倦，腿在作痛；廳房裡又連一張可坐的椅子都沒有。我平躺在地板上，任憑門下面吹進的冷風折磨著，身上的衣服那麼單薄，又沒有蓋的東西；但我並不想要溫暖，唯恐睡著了會錯過你的腳步聲。在可怕的黑暗裡，氣候越來越冷，冷到我不能不一次又一次地站起來；但還是等著，等著你，等著我的命運。

最後（**大概是下半夜的兩三點**），我聽見樓下開門的聲音，有人上樓來了。寒冷的感覺立刻消失，我全身發燒地輕輕地開了門，想衝出去，衝到你的面前……自己也說不清在這狂亂中到底是要做什麼。腳步聲近了，我發抖地握著門把手。上樓來的是你嗎？

是的，是你，親愛的，但不是你一個人。我聽到一聲輕笑一陣衣裙窸窣，還有你的低聲細語。原來，還有一位女人和你一起——

我真無法告訴你那一晚是怎樣過的。第二天早晨八點鐘，他們便把我帶到茵斯布拉去了。這時，我已完全沒有力氣反抗。

我的孩子昨晚死了。如果我還能活下去，又將是孤獨的一個人。明天，就要有陌生的人帶了屍衣棺材收殮我唯一的小兒子了。也許，同時還來些朋友表示哀悼，一個又一個地向我致唁慰問。慰問，慰問，慰問！慰問有什麼用呢？我知道的是，我又要孤獨了。再沒有比在人群中孤獨著更可怕的了。現在我要來說說在茵斯布拉那兩年的生活了。從十六歲到十八歲那兩年，我是像一個囚犯，一個被放逐的人似的住在家人之中。我的繼父是位文靜的老人，對我很好；我的母親總覺歉疚似的，凡事都順著我；那些和我同年齡的人，也都願意和我做朋友。但我一概憤怒地拒絕。我不願意快樂，不願意在離開你的情況下，還能滿意地生活，我心甘情願地埋在自苦和孤獨的幽暗世界裡。從不肯穿他們買給我的鮮豔的新衣，不肯進戲院或是去聽音樂會，不肯參加任何歡娛活動。我很少離家外出，你能相信嗎？住了二年之久的地方，我竟說不出半打街名。我拒絕社交生活，是為了陶醉在自己不停製造的痛苦中，不願意讓別的事情破壞我對你的癡情。我這樣子坐在家中，一天天地過著，什麼事也不做。只在想著你，不停地在心中重溫著關於你的種種瑣碎記憶；那些永遠的歲月中的每一分鐘，我都記得清清楚楚，好像是昨天的事似的。這樣，我的生活仍然是以你為中心。我買了你的全部著作，如果某一天報紙上出現了你的名字，這天便是我的好日子。你信不信？我讀你的書，讀到可以背誦。如果有人半夜叫醒我，提示一句，我立刻就能接著背下去；甚至十三年後的今天，也還是如此。你的每一句話，對我都好像是聖書，我的世界完全因你而存在。在維也納報紙上有音樂會首晚演唱的消息，我看了立刻便想，不知你最欣賞的是什麼。到了晚上，我在想像中跟隨著你，自己在心中說：『現在他走進大廳了，現在他在找位子坐下去了。』這樣子上千遍地想像著，只因為我曾在音樂會中遇見過你一次。

為什麼要重提這些事情？為什麼要重提一個孤獨女孩的絕望之苦？為什麼要告

訴你這位從不知我的崇拜和悲傷的人呢？那時我還是小孩子嗎？不，我十七歲了，十八歲了。走在街上的時候，年輕人都回頭望我了；但他們的注視，只有使我憤怒。除你之外，要我去愛別的人，簡直是不可想像的事；連對他們表示一點好感，都覺得是罪惡似的。我對你的深情，一直是那麼堅定不移，但並非沒有變化；隨著身心的成熟越來越熱烈，終於成了一種女性的癡愛。當年那個無知的孩子和狂熱的少女所不曾意識到的事，現在成了我一心一意的渴望，我渴望著能委身於你。

周圍的人都認為我是怕羞膽小的，其實我有著絕對堅定的意志。我所做所為的一切，都傾向一個目標——回到維也納去，回到你那裡去。雖然在別人都覺得那是不可理解的事，而我卻不達目的誓不罷休地奮鬥。我的繼父是很富有的，並且把我當作親生女兒一般看待著，但我堅持要獨立謀生；最後，他只好同意，讓我到維也納他的親戚開設的服裝店裡去做一個店員。

終於，終於在一個有霧的秋天傍晚，我又回到維也納去了。到達後的第一件要做的事是什麼，還用我告訴你嗎？我放下行李，便急急忙忙去搭電車。那電車走得多麼慢呵！它每停一站，便使我氣惱一次，最後總算到了那房子前面了。一望到你的窗戶，我的心便猛跳起來；這個本來覺得有點生疏無聊的城市，忽然變得生氣勃勃，我自己也像又活了過來了。現在，我又靠近了你——我無窮無盡地夢想著的你。在抬頭仰望的我和你之間，只隔著一層薄薄閃光的玻璃了；我再不管那離開你的心還有千山萬水之遠的事實，我能不停地在望你的窗戶，已經夠了。那窗內有光亮，那是你住的地方；你正在那裡面，那是我的世界。我夢想了兩年之久的時刻，現在總算到來。那整個溫暖微陰的晚上，我都站在你的窗下；一直站到裡面的燈光熄滅了，才想到自己的住處。

一晚又一晚地，我回到那老地方去站著。我店裡的工作到六點才完，工作相當辛苦；但我很喜歡，因為那試裝室的擾攘，正好掩飾我內心的騷亂。只等店門一關，我立刻便到那可愛的地點去。我所希望的，就是能望見你一次，遇到我一次——單是遠遠地望一眼也好。終於，在一星期之後，我遇見你了；那次的遇見是出其不意的，因為我正在望你的窗戶，而你卻從街對面走過來。當時突然間，我又成了一個小孩子，一個十三歲的小女孩，兩頰發燒，雖然滿心想和你的眼睛對望一下，卻竟低垂著頭，像被誰追趕著似的，急急地從你身邊走過去。事後又覺得不勝羞恨，因為這時我知道自己希望的是什麼了；我希望遇見你，希望經過這幾年你還認得我、注意我、愛我。

很久很久，你都沒有注意到我；雖然每晚我都站在你房子對面，下雪颳風的天氣也不間斷。我常常一等便是幾小時，等的結果，大半是你和朋友們一同走出去，有兩次是和一個女人。看到你和一個陌生的女人手挽手地親密地同行，我忽然感到一陣心痛。從這上面，我明白了我對你的感情，又有了新的變化和進展。本來，這在我並不是可驚奇的事，因為從前就常看見有這類的女客到你房子裡；但現在，這景象卻引起我一種肉體上的痛苦。看見你和別的女人公然表示著親暱，我感到嫉恨而又羨慕。有一天，大概我那年輕人的自尊還未完全消逝，我決心不再到那老地方去站了；但這表示抗拒、表示放棄的一晚，是空虛得多麼可怕呵！第二天，我還是照舊去站了，完全屈服地卑微地站在你的房子對面；又像往常一樣地等待著，等待在你生活的邊緣上。

最後，你總算注意到我了，那是我看見你遠遠走來時。我趕快鼓起所有的勇氣，阻止著自己溜走；同時，街上剛好有輛貨車塞住了路，你必須在我身邊經過。你的眼睛不由得落到我的身上；雖然你還未注意到我的注視，臉上已浮起你一向對於女性慣有的表情。多年之前的記憶，像電流似的通到我身上來；就是這種愛撫的迷人的眼光，曾使我突然由一個女孩變成女人和情人。你的眼光在我的身上停留了一會兒，便走過去了。我的心跳得那麼厲害，使我緩慢地向相反的方向走了幾步，又不禁好奇地回頭望了一下；看見你正在那裡站著看我，可是從你那表情上我看出你不認得我。無論是這時還是以後，你都不認得我。我將怎樣說出我的失望呢？這是無數這類失望中的第一次，第一次我必須要忍受我的命運——我那一直不為你認識的命運。我必須這樣不為人知地默默以終。呵，我將怎樣使你了解這種失望滋味呢？在茵斯布拉的那兩年，我不停地想著你，想像著總有一天在維也納的重逢。這種想像是隨著我的情緒變化不定的，也可說任何情形我都想像過；我想像過你會拒絕我、蔑視我、對我冷淡無情，但再也沒有想到你竟從未感覺到我的存在。現在我知道了（**是你教會的**）男人心中的女人印象，是像鏡子裡面的影子一樣容易消失的。再者，男人容易忘記女人，也是因為年齡和服裝常使女人變得前後判若兩人，老練的女人對於這種情形是能安然接受的，但我還是個女孩子，不能了解你的遺忘。自從第一次見面，我的心中便充滿了你，因此也就產生一種幻想，以為你也時常想到我、等著我。如果我知道你根本沒把我當回事，從未放在心上，我怎麼還能活下去呢？可是那天傍晚你的眼光明白地顯示出你我之間沒有絲毫關連，這在我是第一次跌進現實，第一次窺見我的命運。

你並不認識我。兩天後我們又在路上遇到的時候，你用一種想表示親近的眼光望著我；但這並不是你認出了那位愛你已經很久的女孩，只是你還記得兩天前在這同一地點遇見過的一個十八歲漂亮少女的面孔罷了。你的表情是一種友情的驚喜，唇邊浮起了微笑；又像以前那樣在我身旁走過去，又像從前那樣忽然放慢了腳步。我在戰慄著、狂喜著，渴望著你來同我說話。這是第一次我感到自己在你心中變成了活人。我也在慢慢地走動著，但不是避開你。忽然聽見你的腳步聲到了我的背後，我沒有回頭，但知道就要聽到你那可愛的聲音對我講話了。在這期待中，我差不多要癱軟下來，心跳得那麼厲害，直想應該站著不動就好了。你到了我的身邊，熱誠地招呼著，好像我們是老朋友似的。雖然你並不知道我是誰，一點也不知道，但是你的態度是那麼單純可愛，可以使人毫不遲疑地回答你。我們一同向前走著，你問我一同去吃晚飯好不好？我答應了。還有什麼可拒絕的呢。

我們在一個小餐館吃的晚飯。你一定不記得是什麼地方了，對於你，那不過是多少這類事件中的一件，在我呢？也是無數中的一個，一個環，屬於沒有盡頭的長鍊上的一個環。那晚上有什麼事情使我留在你的記憶裡呢？我很少說話，因為有你在我身邊，我太幸福了。我對於那幸福的時刻是永遠感謝不盡的，我再也忘不了你表現的那些溫柔機智，沒有急切的追求，沒有鹵莽的舉動。從開頭，你就顯示出一種友情的自信，就算我不是早已屬於你的，你也一定可以得到我。而在我，是五年前的期待終於如願以償，我將怎樣使你了解這對我的意義是什麼呢？

我們從餐館走出來，時間已很晚了。你問我有沒有事情，還能玩玩嗎？我怎能掩飾我是屬於你的事實？我說我沒有什麼事。遲疑了一下，你又問我可願意到你住的地方談談嗎？『樂意得很。』我故意活潑地說著，把我的感情表現是坦率的態度。可是我仍然看出你那微感驚訝的神氣，不知是惱是喜，總之，有點覺得奇怪就是了。現在，我自然是懂得你為什麼驚訝了。現在，我知道一個女人無論她是多麼熱情地想委身於一個男人，她總要假裝不願，故作驚嚇推託；必須對方說盡好話、發誓立約、一再懇求，才會答應。唯有職業性的娼妓才會迫不及待地答應人家的邀請。否則，就是頭腦簡單尚未成熟的女孩。你哪裡知道，我的情形完全不同；我的脫口而出的承諾，是渴望已久的心聲，忍受了不止一千天的戀情的爆發呢！

在任何方面，我的態度都引起了你的注意，我使你發生了興趣。在談話中，你用各種方法探詢著我。由於你對於人類情感的領悟和判斷，你立刻知道有點異乎尋常，這個漂亮柔順的女郎是有著秘密的。你的好奇心升起來了，你那審慎的問話顯出你在試圖發掘我心裡的秘密。但我竭力規避作答，我情願做個傻瓜，也不願洩露我的秘密。

我們一同到了你的房內。親愛的，我敢說，你絕不能了解和你同上樓梯，對我具有怎樣的意義，我是怎樣地從快樂到狂亂痛楚而幾乎透不過氣來呀！我偶一回想起，還不能不熱淚盈眶，雖然我的淚水已快流乾。那房子裡每一件東西都被我的感情浸漬過，每一件東西都象徵著我的童年渴望。那扇門後，我站過多少次等你回來；那樓梯，我聽過你多少次上來的腳步聲，也是我第一次看見你的地方；那個門洞，我窺探過你的出出進進；那門口的墊子，我曾經在上面跪過；那開門的鑰匙聲響，曾經是我的信號；我的童年和它的感情，是在那幾碼之大的地方培育的。這裡是我的整個生活——像暴風雨一般環繞著我的生活。現在一切如願，我和你一同走著，我和你，走進你的，也是我們的房子裡。試想在你的門外，一直是我以前生活其中的那枯燥無聊的現實世界，現在這門就要為我打開一個童年想像的幻境；試想你那大門，我的焦灼的眼光曾在上面盯過多少次，現在我竟頭暈目眩地走了進去。從這種瑣事上，你也許可以想像一下這可怕的一刻對我有什麼意義了。

我和你同宿了一夜。你做夢也沒想到在你以前從未有人接觸過或看到過我的身體，你怎麼能想得到呢？為了怕洩露愛情的秘密，我竭力裝出毫不在乎的樣子，壓制著任何害羞害怕的跡象。如果你如道了真情，會大為驚慌的；因為你是喜歡來去自由無牽無掛，你怕糾纏在另一個人的命運中。你願意隨心所欲地把自己給與全世界，但不願做任何犧牲。現在我告訴你，我是以處女之身奉獻的，也別誤會，我不要你負任何責任。你並未誘惑我欺騙我，我是自動投身到你懷抱中，然後走開去迎接我的命運。我除了為那一晚的幸福向你致謝之外，再無別的意思。當我在黑暗中睜開眼來，看見你在我的身邊，覺得那一定是在天上，很奇怪星光怎麼不對我閃爍。親愛的，我從未為那一晚懊悔過；當你睡在我的身旁，我聽著你的呼吸，觸到你的身體，覺得自己那麼貼近你，不由得喜極而泣起來。

第二天一早，我便走了。我要去工作，同時想在傭人到來之前離開。我向你告別的時候，你用手臂環抱著我，望了我很久。是你心中有什麼隱約的記憶浮動了，還是僅僅因為那熱情快樂使我顯得美麗可愛呢？你吻了吻我，我便起身走了；你又問我：『要不要帶幾朵花去？』在書桌上藍水晶瓶內有四朵白玫瑰（我從前就偷瞄過的），你拿了給我。有好幾天，被我收存著吻著。

我們約定了第二晚再見，還是那麼新奇歡樂。你又給了我第三晚，那晚你說有事要離開維也納一些日子——呵，我多麼恨你那些旅行呀！——你說一回來就通知我。我給了你一個信箱號碼，沒把姓名告訴你，我要守住我的秘密。分手的時候，你又給了我幾枝玫瑰花；是的，分手的時候。

一天又一天地，兩個月過去了，我在心裡自問著……不，我不要述說那些期待失望的痛苦。我並不抱怨，我還是照舊愛著原來的你，原來就是熱情善意慷慨而不忠實的你。你早就回來了，從你窗口的燈光可以知道，但是你沒有寫信通知我。直到這生命的最後一刻，我手邊沒有一行你寫的字，我把生命交託給他的人不曾給過我一行字，我等著，絕望地等著；你沒有叫我去，沒寫給我一個字，一個字也沒有……

昨天死去的我的孩子，他是你的。他是你的兒子，親愛的，他是我那充分意識著的熱愛和你那漠不經心的溫存的結晶，我們的孩子、我們的兒子、我們的獨子。也許你會大吃一驚，也許你僅僅覺得意外。你會奇怪我為什麼不早告訴你？為什麼在這麼多年之後，在他已經長眠不醒、永遠離去不回的時候，我才來告訴你呢？可是請問，我怎麼能告訴你？我是一個陌生人，一個和你熱狂地共度過三天的人；你怎會相信一個偶然相逢的人，對於並不認真的你會堅貞自守？你絕不會相信這孩子是你的骨肉。就算你相信了我的話，也仍難免暗中猜疑我是先有了身孕，故意要找你這位名人來做父親的。猜疑會成為你我之間的陰影，我受不了。再者，我知道你是怎樣的人，也許比你自己知道得還清楚。你喜歡無牽無掛、自由自在，你對愛的要求也是如此；如果忽然發覺做了父親，對於一個孩子的命運有了責任，你會不勝厭憎。自由等於你的生命，你會覺得我成了你的羈絆；就算理智上不這樣想，下意識裡也會恨我是累贅。也許只有此刻，這一小時一分鐘之間，我確像是你的重負，會被你恨著；但我一生沒有給你任何麻煩，這是我足以自豪的。我是情願把整個重負放在自己身上，而不願拖累你；我要成為那些親近你過後，除了情愛再不會想起她們的女人中的一個。事實上，你從來就沒想起過我，你已經把我完全忘記了。

我不是在責備你，請相信我，我不是在埋怨。假使我的筆尖沾有恨意，也請原諒吧。請為了那在燭光下挺臥著的我們的孩子原諒我吧。我曾握起拳頭對抗上帝，叫祂『劊子手』；悲傷已使我迷亂，原諒我的訴說吧！我知道你是好心腸的人，隨時都願給人救助；你會為一句話去幫助一個不認識的人，你做起好事來是非常慷慨大量的。但我不能不說，你的行善是消極懶散的，要人懇求才做；你幫助那些求助的人，是為了害羞軟弱而施捨，並不是為了助人快樂而助人。讓我坦白地說吧，對你而言，那些苦難中的人們是不及那些歡樂中的人們可親的。從前有一次，我從門洞裡看見有個求乞的人叩你的門，你出來一看，不等他開口便趕快塞錢給他；那神情有點慌張不安，好像一心只想趕快打發走他，連他的眼光都怕遇到。我再也忘不了那種恐懼的施捨和對於道謝的迴避，所以我在困難中從未向你求助。呵，我知道你即使懷疑那孩子，也會盡量幫忙我，讓我過安適的生活，會給我錢，很多的錢；但是，你會裝著容忍，而暗中希望能擺脫麻煩，我甚至於相信你會勸我去打掉那胎兒。這是我最害怕的一件事，因為我會唯命是從的，可是這孩子是我的一切，他是你的孩子，是你的再生。——不是那個享樂無情而我從不敢妄想抓住的你，而是由你給了我，我把自己的骨血和生命糅進去的你。終於，我緊緊地握住了你，我感到你的血在我的血管內流著；我可以隨心如意地養育你、愛撫你、吻你。所以，當我知道懷了你的孩子時是那麼快樂；所以，我要對你保守秘密。從此，你再不能逃避我，你是我的了。

但是，你不要以為分娩之前的幾個月，真像我開始所想的那麼快樂，實在是充滿了憂傷顧慮，充滿了惡意毒害，我受盡了折磨。在最後幾個月，我不能再繼續工作，因為恐怕我繼父的親戚會看出我的情形，告訴家裡。我也不願向母親要錢，打算變賣衣物來維持生活。但在我分娩之前一星期，僅有的幾個錢又被人偷了，於是我只好住到救濟醫院去。你的兒子就是在那罪惡收容所裡出生的，在那些乞丐、罪犯、遊民之間出生。那是個可怕的地方，每一件事情都和外面常見的不同。我們彼此都不認識，也不理睬，孤獨地擠在一起，又互相恨著；是貧苦和不幸把我們推到這擁擠不堪的病房中，到處是血腥、藥味、喊叫、呻吟。在這裡的病人，除了在病歷上有個名字之外，已失去一切做人的權利；躺在床上的不過是個活的肉體，可供實驗的東西……

請原諒我說這些事情，我將再也不說了。我已經沉默了十一年，不久更將要啞口無言。但至少我要大聲疾呼一次，讓你知道我多麼愛這個孩子，這個曾經是我的幸福而現在已經死了的孩子。在他的聲音笑貌中，我本來已經忘記了那些可怕的時光；現在他死了，痛苦的記憶又復活了，這一次我要把它吐露出來。但我不是責怪你，只有上帝，只有上帝才是這種無緣無故的苦難的創造者。我從來沒對你有過一絲恨意，就是在生產時的痛楚中我也沒恨過你。我從來不曾懊悔過，從來不曾停止過愛你，一切要發生的事都是我所期待，我永遠要高高興興地去承受。

我們的孩子昨天死了，你再也不會認識他了。他從來沒有接觸過你，他出生後躲避你避躲了很久，我對你的渴望比以前減輕許多，的確，愛得不那麼熱烈了。但這不是我對你的愛情受了損傷，而是不願讓你和孩子分佔我；所以我不把自己給與獨立快樂的你，給與需要我而我也應該去撫養去愛護的孩子。我對你的那種無窮無盡的迷戀似乎已經醫好，那落在我身上的劫數似乎已經移開，自從另一個你，一個完全屬於我的你出生之後。這時，我的感情已很少再飛向你的住處；只有一件事，就是你生日那天，我總要送一把白玫瑰，像第一晚你給我的那種白玫瑰。這十年來，你可曾自問過是誰送的嗎？你可曾記起曾送過這樣的玫瑰給一個女孩子嗎？我不知道，永遠不會知道了。在我，能夠暗暗地送給你，因而每年能夠重溫一次我的記憶，已經夠了。

你不認識我們的孩子，現在我很悔恨不該讓他躲著你，因為你一定會愛他的。你沒見過他睡醒剛睜開眼來的笑容，他那烏黑的眼睛和你完全一樣，他用那眼睛快樂地望著我和這世界。他那麼活潑那麼可愛，你的爽朗氣質和豐富的想像力都傳給他了，充分地表現在孩童的稚氣中。他玩耍的時候盡情歡樂地玩耍，讀書的時候專心一意地讀書，他完全是你的再生。他越像你，我越愛他。他在學校中的成績優良，能說流利的法文，他的練習簿總是全班最乾淨的。他是多麼美好出眾的小男孩呵！夏天我帶他到海邊去的時候，看見他的人總要站下來，摸摸他那柔軟的金髮。冬天他滑雪的時候，大家都圍著他，他是那麼英俊，他是那麼溫文，那麼逗人喜愛。去年他到學校住宿，穿著十八世紀騎士侍僮的制服，腰帶上還掛著一把小匕首；但現在他是穿著睡袍平躺那裡，緊閉著嘴唇，交叉著雙手。

你也許奇怪我怎能給他那麼華貴的一種生活呢？親愛的，我現在是暗中向你談話，我要不顧羞恥地告訴你，請不要驚嚇，我在出賣自己。雖然沒有變成站在街頭的普通妓女，但我在出賣自己。我的朋友、情人都是闊人。最初是我追他們，不久他們都追起我來，因為我是個美貌的女人（**你可曾注意到？**）。我接觸的每個人都熱狂地愛我，變成我的崇拜者。除了你，除了我愛的你之外，他們都愛我。

對於我的行為，你卑視嗎？想來你一定會諒解，知道我這樣做是為了你，為了另一個你，你的兒子。在那救濟院中，我已嘗盡貧窮的滋味。我知道在窮人的世界中，那些被踐踏者是永遠抬不起頭來。我想也不忍心去想，讓你的兒子、我們可愛的孩子，在救濟院裡長大，流浪街頭，呼吸貧民窟的污濁空氣。他那優雅的嘴唇不應該讓他去說粗話，他那細白的皮膚不應該受破爛衣服的摩擦。你的兒子應該有最好的一切，一切豪華和歡樂。他應該步你的後塵，生活在你所生活的氣氛裡。

這就是我出賣自己的原因。在我並不認為是犧牲，因為所謂名譽和羞恥，對於我都成了沒有意義的字眼。你是我唯一情願委身的人，但你不愛我，那麼我把這身體隨便怎樣又有什麼關係呢？我那些情人的熱愛柔情，從來不曾打動過我的心；雖然其中有些是我所敬重的，雖然由於我自己的命運，我很同情他們那不被接受的愛。所有那些人都對我很好，他們寵愛我、縱容我。有一位身分很高、年齡較大的鰥夫，他想盡辦法把你的兒子送進貴族學校，他愛我是無微不至的，有好幾次向我求婚。我很可能成為一位貴夫人，一座豪華別墅的女主人，我很可能不必再顧慮生活，因為孩子有一位最仁慈的父親，我有一位顯赫好心的丈夫。但是，我堅決地拒絕了，雖然明知道這使他非常痛苦。這也許是我的愚蠢吧？如果我答應了的話，現在我大概在什麼地方過著悠閒的日子，孩子也會仍和我在一起。可是我何必對你隱瞞我拒絕的原因呢？我告訴你吧，我是不願約束自己，要為你保持著自由。在我內心的深處，下意識中，我還繼續在做著童年做過的夢，夢想著有一天你會把我叫到身邊，哪怕僅僅一小時都好。就是為了這一小時，我拒絕著其他一切，要保持那應召的自由，自從我內心的女性覺醒以來，我的生活除了等候你的意旨之外，還有什麼呢？

最後，我等候的時光終於來了，但你仍然是並不知道。在那到來的時光中，你不認識我。你永遠不認識我，永遠，永遠不認識。在戲院音樂會和其他的地方，我是常常遇見你的；總是我在心跳，而你卻毫不理會地走過去。在外表上，我已經變成了另一個人，當年那個羞怯的女孩現在成了據說美貌的婦人。服飾華麗，圍繞著讚美者。你怎麼還能認出是當年在你房中幽暗燈光下的那個怕羞的少女？有時，我那些伴侶也和你打招呼，你望過來的神情，總是陌生的禮貌，欣賞的注視，但並不相識。——那麼疏遠，那麼令人絕望的疏遠。記得有一次這種已經習以為常的不相識，又使我不勝痛苦。那是我和一位朋友在包廂內看歌劇，你剛好就在隔壁的包廂內。開演後燈光暗下來，我不再能看見你的臉，但感覺到你的呼吸那麼靠近我，就像那晚在你房裡一樣。在那把兩個包廂隔開的絲絨幃幔後面，正放著你那曾經觸摸過我的修長的手，使我心中充滿了伏身去吻它的渴望；在音樂聲中，這渴望越來越強，我竭力提醒著自己，才算沒讓嘴唇碰到你的手。第一幕演完時，我告訴我的朋友說要走了。在黑暗中和你坐得那麼近而又離得那麼遠，我實在不能再忍受下去。

不過，我期待的時光總算又來了一次，僅僅又來了一次。那是一年之前，你生日的後一天，我總是把你的生日作為節日，因此在那天也就特別想念著你。大清早我去買了白玫瑰，這是我每年用來紀念你已經忘記的時刻的。下午我帶孩子驅車出遊，在外面一同吃了些茶點。晚上又到戲院看戲，我要他把這一天作為他童年重要的紀念日，雖然他並不知道為什麼。第二天，和我當時的密友在一起，他是一位年輕富有的工業家，我曾和他同居過兩年。他深深地愛著我，也是要我嫁給他，被我無理由地拒絕。他用餽贈的方式供養著我和孩子，他的癡情並不是沒有可愛的地方。這天我們去參加一個音樂會，遇見了一些朋友，便又一起到餐館吃晚飯，飯後談笑中，我提議到舞廳去玩，這種歡樂場所，我一向是很少去的；但這時好像有種本能的力量，鼓動著我做這樣的提議。大家聽了，一致歡呼贊成，他們向來是奉承我的意旨的。我們到了舞廳，喝了些香檳。我忽然有了從未有過的好興致，一杯又一杯地喝了之後，竟加入了別人的合唱，並且想翩然起舞了。可是，一下子我的心像被一隻冰冷的或是滾燙的手抓住了；原來你同幾個朋友坐在鄰桌上正用一種讚美而貪婪的眼光瞪著我，這眼光永遠是使我驚喜戰慄的。十年來，你總算又一次用這種眼光看我了，我的手抖得幾乎把杯子掉到地上。好在我的同伴們沒有注意到我的情形，他們已被音樂和歡笑弄得有點迷亂了。

你那越來越熱狂的樣子，使我內心也不由得燃燒起來；不知道你究竟是認出我來了，還是僅僅對一個陌生女子動情。我變得兩頰發燒、語無倫次；不用說，你已看出在我身上產生了魔力。你向我點頭示意，要我到外面休息室去一下。然後付了錢，向朋友們告辭離開了桌子；臨走又望我一眼，表示你在外面等我。我像發高燒似的抖著，再不能回答別人的問話，再不能控制自己的心跳臉紅。機會湊巧，剛好這時有一對黑人在跳一種蠻舞，同時用他們自己的尖聲怪叫作為伴奏，每個人都轉身去看他們。我抓住這機會站起來，告訴我那朋友說出去一下就回來，便跟著你走了。

你在休息室裡，看見我走進來，臉上亮了一下，嘴邊含著微笑，趕快迎接著。很明顯地，你沒有認出我來；無論是當年的那個女孩或是後來的那個少女，你都沒有認出來。對於你，我又一次成了新交。『你真的有時間可以陪我談談嗎？』你用堅信的口氣問著，顯然你是把我當了那種任何人都可用錢買的女人。『可以。』我還是那種戰慄的滿口答應，十年前你在那幽暗的街上聽過的。『請告訴我什麼時候會面呢。』『隨便什麼時候都可以。』在你面前，我是不知道害羞的。你微微有點驚奇地望著我，這驚奇之中也正包含著你當年表示過的同樣的詫異。『現在好嗎？』你想了一下問著。『好的。』我回答著。『那麼我們走吧。』

我要到衣帽間取外衣的時候，才想起我那朋友是把我們兩人的衣服一塊交付的，牌子在他手裡。回去向他去拿是不可以的，但錯過這期待了多年的和你的約會更不可以。怎麼辦呢？我立刻便做了抉擇，把披肩裹緊了一下，便衝到夜霧迷茫的外面去了。不但不管我的外衣，也不管我那位好心腸的朋友，更不管這件事在大庭廣眾間引起的議論；在他的友好面前，我竟把他置於被情婦棄之而去的可笑處境。在內心裡，我也很覺不安，不應該這麼對待一位好朋友，並且知道他會從此疏遠我，我的生活也要受到影響。但是什麼道義、什麼生活，都不能和我就要親近你的機會相比。現在我告訴你這些事，只是要讓你知道我是怎樣地愛你。自然，這一切都已成為過去；但我自信即使是躺在靈床的時候，你如果來叫我，我也會掙扎著要起來赴約的。

戲院門口剛好有輛汽車，我們坐上便向著你的家駛去。又一次我感到靠近你的狂喜，並且差不多像以前那次同樣地陶醉沉迷。我簡直無法告訴你，當我們一同走上樓去的時候，我是怎樣地又重溫了一次十年前的感覺，怎樣地同時生活在過去和現在之中，好像我整個的人因靠近你而溶化了。在你的房裡變動不多，只多了幾張畫，增加了很多書，添了一兩件家具，但整個說來還是那可愛的老樣子。書桌上的花瓶裡插著玫瑰花——我的玫瑰花，前一天送來表示我的懷念。我這個你不記得、不認識，甚至這時你正握著她的手、吻著她的脣還是想不起是誰的人，能看到我的花在那裡，知道你在撫愛著一點我送來的東西，已經夠欣慰了。

你熱情地擁抱著我，我們又共度了歡樂的一夜。但這時你還是不認得我。當我在你的愛撫下激動不已時，而你卻顯然不能分辨出情人和蕩婦的不同。對於一個從舞廳撿來的陌生女子，你立刻就有無限熱愛、無限溫情；雖然你曾誤會我的身分，但你仍然以充分的狂熱在愛著我。在這幸福重溫中，我又看出你那曾使我著迷的雙重人格的天性，那種智慧和熱情的奇怪的糅合。我從未見過一個人像你這樣完全地沉醉在歡樂中，像你這樣完全獻出自己的身心後又會立刻若無其事地全然忘記。不過，實在說，我也忘記了自己。在黑暗中躺在你身邊的我是誰呢？是往日那個癡情的女孩子？是你兒子的母親？還是一個陌生人呢？在這美妙的夜裡，一切都像融合難分，既那麼熟悉又新奇！我祈禱著讓這歡樂的時刻永遠不要過去。

但是，早晨終於來了。我們起來很遲，你要我吃了早餐再走。餐廳裡不待吩咐已擺好茶點，我們一面吃茶一面靜靜地談話。還是像從前那樣，你坦白地說著自己；還是像從前那樣，你對我絕無好奇的探詢。你不問我的姓名，也不問我的住址。對於你，我仍像從前那樣，只是一個奇遇，一個無名氏，一場過眼雲煙似的歡情。你對我說，就要出發作長途旅行，大概要在北非洲住兩三個月。這些話像警鐘似的敲碎了我的幸福：『過去了、過去了，過去並且忘記了！』我真想跪到你的腳下，哀求說：『帶我去，最後，最後你會認出我來！』但是我膽小、懦弱像個奴隸似的，僅僅說了聲：『真可惜。』你微笑地望著我說：『你當真會為我難過嗎？』

我像被冰凍結了似的，定定地望了你一會兒才說：『我愛的人總是要去旅行。』我深深地注視著你的眼睛，心裡暗想：『現在，現在，現在他會認出我來了！』但你只是微笑著安慰我說：『這一個人是過些時候就回來的。』我回答說：『是的，這一個人會回來，但這一個人到那時候已經不記得我了。』

我說這話時，一定是感情很強烈的，那聲音把你感動了。你站起身來，驚訝而溫柔地望了我一會兒，又把手搭在我兩肩上說：『美好的東西是叫人忘不了的，我不會忘記你。』你的眼睛凝視著我，好像要在心中留個清楚的印象。當我感覺到你這是聚精會神地端詳時，又不由得幻想著那蒙在你記憶上的遮蓋要打開了，『他要認出我來了，他要認出我來了！』我的靈魂在期待中顫抖著。

但是你沒有認出，你沒有認出。對於你，我永遠是當時那樣一個陌生女子；不然的話，你怎會有下面的動作呢？你熱情地吻了又吻，把我的頭髮弄亂了，我必須去重梳一次。站在鏡子前面，從那裡面我望見你；使我又羞又愧，你放了一捲鈔票到我手袋裡。我幾乎忍不住要喊叫，要把它們丟回到你臉上。我是你兒子的母親，我從幼年就愛著的你，竟付我夜渡資。但是仔細一想，對於你，我不過是一個從舞廳叫來的妓女；難怪你要忘記我，難怪你要這樣做來羞辱我。

我急忙收拾著自己的東西，像要逃跑似的想趕快走出去，因為那種痛苦太難受了。我四面張望著我的帽子的時候，見它正放在那書桌上的花瓶邊。我忍不住去做了最後一次努力，想喚醒你的記憶。『給我一朵白玫瑰好嗎？』『當然好。』你說著，便把花都從瓶裡取出來。『但是，這也許是一位愛你的女人送你的吧？』『也許是，』你回答說，『我不知道。是禮物，但不知是誰送的，所以我很愛它們。』我定定地望著你說：『也許是一個被你忘記的女人送的。』

你微微吃驚地注視著我。『把我認認看，最後認認看！』我的眼睛這樣在嚷著，但你那坦誠的微笑沒有一點認識的樣子。雖然你又吻著我，但並沒有認出我。我趕快掉頭走了，因為我眼裡已含滿了淚水，怕被你看見。當我從餐廳衝出到過道裡時，幾乎和你的僕人老約翰撞個滿懷；他惶恐而熱誠地閃到一旁，並為我打開了大門。在這匆匆之間，我含淚望了他一眼，忽然一陣驚訝之光閃耀在他的臉上。讓我告訴你吧，他認出我來了，雖然自從搬走後我們並未遇見過。這時我是那麼感激他，簡直想跪下來吻他的手。我從手袋裡取出你付給我的錢，塞給了他。他吃驚地望著我，但在這頃刻之間，我想他之了解我比你一生了解得都多。每個人，每個人都是那麼寵愛我，那麼使我愧對他們。只有你，全然忘了我；只有你，永遠不認識我。

我的孩子——我們的孩子，死了。我已再沒有人可以去愛，在這世界上除了你再沒有人了。但是，你是我的什麼人呢？你從來不認識我，你經過我的身邊像經過一條小河，你遇到我像踢到一粒石子；你毫不在意地只顧走你的路，拋下我作永恆的等待。有一個時期，我以為在孩子身上捉住了你，可是他也偷偷地溜走；忘了我，一去不回了。我又成了孤伶伶的一個人，比以往更孤伶。從你那裡，我什麼都沒得到。沒有一個孩子，沒有一句話，沒有一行字，甚至連記憶中的一點地位都沒有。如果有誰在你面前說起我的名字，你會覺得那是個陌生人。對於你，我早已死過了，死還有什麼可怕呢？你早已離我而去了，人世還有什麼可戀？

親愛的，我並不責怪你，我不願把悲傷糅進你的歡樂生活。不要怕我以後會麻煩你；請原諒這一次，為了孩子的死，我忍不住地吐露一切。只有這一次，我要向你傾談；談完，我就要退到黑暗之中，比一向更沉默無言。如果我繼續活下去，你再不會聽到我的哭泣，只有我死了，你才會收到這封遺書。這寫信人是一個比任何人都愛你的人，一個你從不認識的人，一個等候你的呼喚而你從不呼喚的人。也許，也許你接到這信時會呼喚我的，但我這一次恐不能忠誠應命了，因為我在長眠中不能聽見了。我沒有相片或紀念物留給你，像你沒有給我什麼一樣，你永遠不會知道我是誰。這是我一生的命運，死後也將是一樣。臨終我也不會叫你的，我要悄悄死去，讓你毫無所知。只有這樣，我才能安然長逝；如果我的死使你痛苦，我將死不瞑目。

我不能再寫下去了。頭這麼重，四肢這麼痛，我發高燒了。也許，一切很快就要完了；也許，這次命運會優待我，不要我眼望著孩子被抬走。……我不能再寫了，親愛的，再見，再見。我所有的感謝都是向你而發。不管怎樣，過去的一切都是美好的，我至死還是感謝你。我很高興能告訴你這一切，雖然你從不了解，至少現在知道了我曾怎樣深深地愛著你；並且，我的愛再不會成為你的負擔，你那歡笑光輝的生活絕不會受到任何影響。親愛的，我的死不會損傷到你，這就是我的安慰。

但是，誰，呵，誰還會在你生日那天送白玫瑰呢？那瓶子要空著了，不再有我生命中的呼吸和芳香，一年一度散布在你房中了。我有一個最後的要求——頭一個也是最後一個，請為我去做吧！就是每逢你的生日（這是一個人想到自己的一天），去買一把白玫瑰插在那瓶子裡。請像別人一年一次為所愛的人做彌撒似的為我這樣做吧。我已不信上帝，請別為我做彌撒。我只相信你，除了你，我誰也不愛。只有在你心中，我還想每年再活一天，溫柔地靜悄悄地貼近你，像我往常那樣。請答應我這樣做吧！親愛的，請這樣做吧！……這是我頭一次要求也是最後一次……謝謝，謝謝你……我愛你，我愛你！……再見！……」

信從他發抖的手中落下來。他深深地沉思了很久。不錯，他模糊地記得一個鄰居的孩子，一個少女，一個舞廳裡的女人——但印象紛亂不清，就像那急流中的石子，很難清楚地想出它的形狀。影子一個個地浮上他的心中，但總不能湊成一幅圖像。他的情感深處的記憶被攪動著，可是仍然記不起來。那對於他都好像是夢中的人物，雖然常常夢見，清楚地夢見，但總像幽靈似的沒有真實感。他的眼睛轉到書桌的花瓶上，果然是空著；這些年來，在他的生日這天從來沒有空過。他不由得打了個寒噤，好像一扇看不見的門忽然開了，一陣冷風吹進他這嚴密的室內來，傳來一個死亡的通知，一個不朽愛情的顯示，這個無形而多情的女人，像遠處飄來的音樂似的震撼著他的心靈。

# 蟲

一九一二年三月，那不勒斯港內，一艘大郵輪卸貨的時候，發生了一樁離奇事件，當時報紙上曾大事渲染地加以描述，我雖是這船上的旅客卻並沒有親眼看到，因為我也和別人一樣，為了躲開輪船加煤的喧鬧到岸上玩去了。不過，實在說起來，我卻是唯一知道這事的真相和發生的原因的人。現在事隔多年，想來我也沒有繼續保持緘默的必要了。

我本來是在馬來亞旅行的，忽然有點緊急的私事，家中打電報來叫我趕快回去，於是顧不得住處的好壞，我便在新加坡上了這艘郵船。我的艙位是在緊靠機器房的一個角落上，又小又熱又暗，混濁而不流通的空氣，充滿了油膩味道，只好讓電扇不停地在頭頂上旋轉，那帶臭味的風拂過臉上的時候，使人聯想起發狂亂飛的蝙蝠來。艙底下有著機器的震動和聲響，好像一個挑煤的苦工喘著氣在爬一條無盡頭的鐵梯，艙頂上響著同樣永無休止的散步者的腳步聲。因此，我把行李一放下便趕快逃到艙面上，深深地吸進一口海上清涼的南風，說不出是多麼愉快。

不過，在這乘客擁擠的船上，就是甲板上也一樣騷擾和喧嚷。到處是人，往來不停，喋喋不休。有些女人靠在躺椅上低聲巧笑，有些男人自言自語地走過，總之大家都在忍受那被迫使的懶散和不情願的貼近，一切都不合適。我是遊歷過一些新地方，腦子裡裝了一大堆互相擁擠的鮮明印象，亟想找一空閒把它們加以整理和體會，但在這亂哄哄的地方，難得有片刻的寧靜。有時我試著去看書，可是只要突然間一個人影掠過書面時，那一行行的字跡便立刻變得重疊起來，使人再也看不下去。總之，在這熙熙攘攘的人堆裡，我絕對無法去靜處沉思。

已有三天了，我竭力耐著性子在看人看海。海永遠是那個樣子，除了傍晚有一陣五光十色的炫耀，其餘的時間總是蔚藍空虛；至於人，不到三天，我已經認識了每一個面孔，並且對他們熟悉到有點生厭了。那些婦人們的尖銳笑聲，那些荷蘭軍官們的不停爭辯，都不再引起我的興趣。我逃避到客廳，以為會安靜點，誰知正有幾個英國女孩子在鋼琴上亂彈著華爾滋舞曲，消磨飯前的時間，我只好又退出去。這樣看來，除了我那小艙位，別無可去之處了，於是吃午飯時我灌了幾瓶啤酒，把自己灌得昏昏沉沉的，回艙去睡覺，決定躲過那頓晚飯和跳舞，希望能睡個對時，把一天之內最好的時間無知覺地混過。

當我在那所謂船艙的小棺材內醒來的時候，周圍一片漆黑悶熱，因為我曾把電扇關掉，所以睡得滿身是汗，頭也沉重昏迷，好一陣子才完全清醒記起是什麼地方。這時一定是過了半夜，因為已聽不見音樂的演奏，頭頂上嚓嚓的腳步聲也沒有了，只剩了那輪機，像一個跳動著的龐然巨物的心臟，在黑夜的航行中不勝負荷地呻吟喘氣。

我摸索著走到甲板上，那裡靜悄悄地一個人也沒有。首先映進我的眼簾是那冒煙的煙囪和一些幽靈似的桅桿，我把視線轉移，向上仰望著，天空非常晴朗，那繁星密布的穹蒼好像一個深黑的絲絨帳幕，遮擋著一種強烈的光體，而那些密密麻麻的星辰，就像是幕後的光芒在無數小洞隙中瀉露出來的一般。這真是從未見過的一個夜景。

雖然是在赤道之上行駛，船面上的夜晚還是清涼，我深深地呼吸著帶有遠方島嶼芳香的新鮮空氣，這時，我那登船後尚未有過的要去沉思夢想的欲念又升起來了，同時肉體上也有一種慵懶之感，想躺下來盡量享受一下這環繞著我的溫柔，但是那些長椅都被搬開了，在闃無一人的甲板上，竟沒有什麼地方能讓我安然坐下，放懷夢想。

就這樣子，我又繼續摸索著向前走，走到船邊，我靠在鐵欄杆上，低頭俯視著船首怎樣一起一伏地分水前進，像犁地似的在黑暗的水面翻起白白的浪花。我彷彿完全忘記了時間的存在，不知站了多久，只感到一種沉醉似的輕微倦意，想到睡眠和做夢，但又非常不願意離開這魔幻般的夜景，回到那悶熱的小棺材裡去。回頭走了兩三步，腳下觸到一盤繩子的時候，我立刻便坐了下來，閉起眼睛，讓自己沉落進夜晚的陶醉裡。不久，我的意識越來越模糊，竟分不清耳邊的聲響是自己的心跳，還是輪船機器震動，漸漸地我整個的身心都要溶進這深夜的溫柔中了。

忽然一聲乾咳把我驚醒，睜開已習慣於黑暗的眼睛，我看見身旁不遠的地方有一對眼鏡片的閃亮，下面幾吋的地方又有一團顯然是從煙斗發出的火光。在我坐下之前，我一直在望星看海，竟忽略了身邊的人，他一定是動也不動地坐在這裡很久了。我這時雖然還是頭腦昏沉，卻不知不覺道歉地說了聲「對不起」。一個從黑暗裡傳過來的聲音也回答道：「沒有什麼。」

兩個既不相識又不相見的人，在黑暗中沉默地貼近著，實在是令人驚異的事。我感到他在定睛地望著我，而我也向他注視，但除一黑影的輪廓之外，彼此誰也不能看清誰，我似乎還能聽到他的呼吸，聞到他的煙味。

沉默使人非常難受，我很想站起來走開，但沒有一個藉口，不說一句話便離去，又未免顯得太粗野無禮了。在窘困中，我只好取煙來吸，當火柴劃亮的當兒，我們彼此總算看見了一下。我所看見的是一張完全陌生的面孔，是一位我在餐廳裡和甲板上從未見過的人。並且，不知是突然的光亮使我眼睛不舒服，還是由於幻覺，那張面孔似乎非常惶恐而悲愁，不過在我仔細看清之前，黑暗又重新合攏，掩沒了一切，只剩下一個黑影輪廓，一星煙斗火光。我們彼此都不開口，沉悶地像那熱帶氣候一樣令人難受。

最後還是我不能再忍耐了，站起來禮貌地說：「晚安。」

「晚安。」一個暗啞僵硬的聲音在暗中回答著。

當我在那些船具木板中間跌跌倒倒地走著的時候，忽然聽見後面也跟來了一陣急促而又遲疑的腳步聲，不用說這是剛才在我身旁的那人，但他並沒有十分靠近我，便停住了，我在黑暗中感覺出他的焦急不安來，他用一種急促的聲說道：

「對不起，我想請求你一件事。我，我……」他囁嚅著為難地中止了一下，才又說，「我是躲在這裡……我……有點私人的，完全私人的事故……一樁喪事……我要離開船上的社交生活……不是說連你也在內，不……不……我只想請求你別告訴任何人，別提起你在這裡遇見我的事，這將使我感激之至。讓我再重複一遍，這完全是私人的理由，不便和別人接觸，如果你說了出去，會使我非常窘迫的，我……我……」

他又停住了，我趕快向他保證，一定尊重他的意思，絕不向人說起，並且告訴他，我是單身旅行，船上並沒有熟人。於是握手告別，我回到自己的艙內去就寢，但不斷地做惡夢，難以安然酣睡。

我遵守著諾言，不向任何人談起我的奇遇，雖然想說的誘惑力那麼強烈，忍住不說是非常難受的。因為在這航海旅程中，任何瑣碎細節，像天邊一條帆船的出現呀，一次暗中調情的發現呀，一句輕薄的諧謔呀，都會成為大事件傳說不已，這麼意外的遭遇竟不能當作談話資料，實在太令人難受了。同時，好奇心也使我煩躁不安，對於這位不尋常的人想更多知道一點。於是翻閱著船上乘客的名單胡亂猜他的姓名，並且觀察著其他的同船者，心想其中也許有知道他的人。一整天都在焦急之中，只盼著夜晚快點到來，希望我還能再遇到他。心理上的謎不停地折磨著我，對於這位古怪人物我一直想發掘出那神秘的核心。這一天的時間是那麼漫長難耐，我早早地便上床去睡了，知道鬧鐘到時候會叫醒我的。

事實上，我也在跟昨夜一樣的時候醒來了，看了看夜光錶的錶面，長短針正重疊著，形成一條發光的線，是兩點過十分。我趕忙地向甲板上走去。

熱帶的天氣不像我們北方那樣多變化。這晚還是像昨晚一樣，黑暗、晴朗、滿天星斗。但我的感覺完全不同了。不再覺得安逸沉醉，那船身輕微的震搖也不再使我受到催眠。一個具體的事物在煩擾著我，牽引著我。我想知道那位神秘人物是否還在那裡，孤獨地坐在那盤繩索上。我急切地想跑上去，但又竭力抑制著我的衝動，因為一到那裡我便看見了那像一隻明亮發紅的眼睛似的煙斗的火光了。他果然在那裡！

我不由自主地停住了腳，並且有點想轉身退去了，這時黑影站起來，向前移動了兩步，到了我的身邊，有氣無力地向我抱歉地說：

「對不起，我知道你是要到你那老地方的，可是你望見我在這裡好像又要走開的樣子。請坐下來吧！我正要走。」

我趕快向他解釋，剛才停住腳，沒有一直走過來，是為了怕打擾他，希望他留下來不要走開。

「你不會打擾我，」他有點辛酸地說，「相反地我正高興有一次不是獨自在這裡。這些天來我沒有同人說過一句話，好像有幾年之久沒說話了似的，什麼都放在自己心裡，這太難受了，我不能再躲在那囚籠似的艙裡，也不能再忍受那些人，你們整天在說在笑。那些可惡的聲音總跑進我的房裡，使我不能不堵起我的耳朵。自然，他們是不知道我會聽見，我會痛苦。就是知道了，也不會在意，因為他們是些外國人。」

他忽然振作了一下說：「我知道這會使你厭煩，我不該這麼多話的。」

他點了點頭，要走了，我堅決地挽留著他，說：

「我一點也不厭煩，絕對不，因為我也正希望在這星光下面有個談天的人，請吸枝煙好嗎？」

他點火吸煙的時候，我又看見一下他的臉，一張和善的臉。在那火柴熄滅之前，他也急切地尋視著我的臉，定定地打量著。

我忽然感到一陣戰慄，覺得這人一定有著難言之隱，急於要傾訴一下他的故事，但那內在的抑制又使他不能開口，看來只有讓沉默幫助我除去他的拘束，因為沉默之中會容易使人恢復自信。

我們在繩索堆上坐下來，並排著靠在船欄上。他的緊張不安，從那隻手拿著的香煙火光的抖動上，可以明顯地看出來。我們一同吸著煙，我一聲也不響。最後是他打破了沉默，說：

「你累了嗎？」

「一點也不累。」

「我想問你點事情，」他遲疑地停了一下，又說，「直截了當地說吧，我想告訴你一個故事。自然一見面便饒舌是太好笑了，但是，我現在陷於痛苦的絕境，痛苦到非找一個人談談不可，再悶下去我要完了。為什麼會這樣，等我說完你就知道了。當然，你並不能幫我的忙，不過把痛苦悶在自己心中是太難過了。你知道痛苦的人就是些傻瓜——至少在一般人看來如此。」

我趕快截住他的話，請他不必顧慮，儘管講好了。「自然，在知道事情原委之前，我不能隨便答應幫忙，但我敢說一定盡力而為，因為這是做人的起碼責任，不能袖手旁觀別人的困難，總要想想辦法的。」

「對人有幫忙的責任？至少也有試著去設法的責任？對於陷於絕境的人有加以援手的責任，是嗎？」

他把我的話用一種遲鈍麻木的語調反覆地說了又說，那種自責自嘲的深長意味，後來我是完全明白了，但這時候看了他那古怪樣子，卻不由得在想著：他是瘋了？還是醉了？

他好像猜到了我心中的揣想，忽然用一種正常的語調說：

「你也許以為我是瘋了或醉了吧？並沒有，我是很正常的。使我激動的是你剛才說的『責任』那個字眼，它正觸到了我的創傷，因為我一直在痛苦的就是這一個問題。」

他又突然住了口，振作了一下，才開始把他自己的一切清楚地敘述著。

「你先要知道，我是個醫生。在行醫的生活中，常常會遇到一些責任難以分清的事情，所謂要命的難題。在這些情況中，責任不是單獨的，而是各種的責任混淆難分。有時個人的責任違反了對國家的責任，而有時又和對科學的責任衝突。解除別人的苦難，這當然是義不容辭的事，也正是醫生的職責。但這都是理論的說法，事實上，助人能說沒有限度嗎？譬如我們第一次遇見時，我請求你不要對別人說起，好，你就不說，因為你覺得照我的意思去幫助我是你的責任。現在我們第二次遇見，我又請求你聽我說話，因為我快要悶死了，好，你就準備聽著，這可說是盡到助人的責任了。不過，實在說起來，也是因為太容易做的緣故，我沒有要求使你為難的事。如果，我是說：『請把我投到海裡去。』你一定不肯效勞，不再認為那是助人的責任，對不對？凡事都有個限度，如果別人的要求嚴重地影響到你自己的生活，或是個人的責任冒犯了公共道德，你所說的責任還能存在嗎？難道一個醫生的助人責任就無窮無盡嗎？僅僅因為他有一張拉丁文的證書，他就得做芸芸眾生的救主嗎？如果有人走來要求他大發慈悲，他是否應該甘冒生命的危險也在所不辭呢?責任是有限度的，一個人能力所不及的地方也就是他的責任的界限。」

他又停頓了一下，才又接下去說：

「請原諒我的激動。這並非喝了酒的緣故，我還沒去喝，說實話，在這船上我喝酒喝得很厲害，這些年來我學會了喝酒，因為在東方的生活太孤寂可怕了。試想，七年來，我差不多是孤獨地生活在土人和野獸之間。在這種情況下，一個人自然會忘記了從容談吐，遇到和自己交談的人的機會就要滔滔不絕的。噢，我說到哪裡了?我說要問你一個問題，就是一個人真的應該不管在什麼情況下都要像天使般地幫助別人嗎?這話說來很長，你真的不累嗎?」

「不累，真的一點也不累。」

他在黑暗中向背後摸索著，發出一陣響聲，聽得出是酒瓶和杯子碰擊的聲音，他斟了一杯拿給我：

「喝一杯好嗎?」

那是很強的威士忌，為了陪他，我輕輕地吮了一口，而他因為沒有杯子了，便對著瓶口喝起來。默默對飲的當兒，船上的鐘聲響了，已是夜間的兩點半。

「好，我要對你講一個故事。一個醫生在一個鄉村似的小城實習，他……」

他猶豫了一下，又重新開始說：

「不行，這樣不行。我必須把一切都告訴你，從頭到尾一點也不隱瞞地說出來。人們找我看病的時候，都是把衣服脫去，裸露出身體，連排泄物也讓我查看。我也赤裸裸地說出一切，像是你的病人似的。再說，在我所住過的那個可詛咒的地方，我已早把體面這回事忘光了。那可怕的孤寂不但折磨著人的靈魂，簡直像把骨髓都給吸出來了。」

這時我大概是做了點不以為然的動作，他又停了一下。

「呵，我知道你是個東方迷，你是那些廟宇和棕櫚的讚美者，對於你花了一兩個月的時間旅行過的那些熱帶國度，你正滿懷著浪漫情緒的興奮。當你從火車上、汽車上或是黃包車上匆匆一瞥時，那熱帶風光的確是很迷人的。七年前我剛來到這裡的時候也正有同樣感覺，對於自己要做的事情充滿夢想：我要學習當地語文，從原文讀他們的經典；我要研究熱帶疾病，貢獻科學；我要考察土人習俗和他們的心理狀態；我要成為一個文化使者……

但是住下來後，你像生活在被看不見的牆圍著的暖房裡，它消耗著你的精力。你會染上熱病，吃大量的奎寧也沒效，終於變得遲鈍懶惰，像個軟體動物似的。一個歐洲人離開了那些大都市，被送到這可怕的低窪叢林地帶來，是有著漂泊無依之感的，遲早他要沉迷墮落：有的縱酒，有的吸鴉片，還有的亂發脾氣以殘暴為樂……總之都失去常態。人是多麼懷念自己的家鄉呀！要是能走在兩旁有習見的整齊雄偉建築物的街上多好！要是在堅固明亮的房子裡和自己同種的白人在一起多好！這樣一年又一年地渴望著，最後可以休假回去一趟的時候到了，卻忽然發覺自己習慣於懶散，不願長途跋涉了，再說，回去又有什麼意思呢？知道人家已把他忘記，就是回家也無人在等著歡迎他，甚而至於無人理會他的歸來了。因此，他還是留在這墳墓般的窪地或是蒸熱的叢林裡算了。回想起來，我把自己賣給這熱帶地區做奴役的那天，真是個可詛咒的日子。

再說，我離開家鄉到這裡來並不是真正甘心情願的。我在德國念完了書，成為醫學博士，不久便得到一個外科醫院裡的職位。如果你去翻閱一下當時的醫學雜誌，會發現他們對我施用的一種新法治療是怎樣大事鼓吹，認為我年輕有為、前途無量。

這時來了一次戀愛事件，我在醫院裡認識一個女人，她曾使她的情人瘋狂到想自殺，不久，我也像那人一樣瘋狂了。因為她有一種冷淡的驕傲，使人無法抵抗。本來我就容易被那些專橫放蕩的女人任意驅使，而她更是把我變成柔軟如綿，叫我做什麼便做什麼。這雖是八年前的舊事了，實在還是很難啟齒，就是為了她的緣故，我偷了醫院保險櫃裡的一些錢。當然，後來被發覺了，鬧得滿城風雨，雖然我的一位叔父替我賠出了這筆錢，但我的前途就此完了，再無立足的餘地。

就在這時候，我聽說荷蘭政府在招募到殖民地去服務的醫生，肯要德國人並且肯預付薪金。這優厚的待遇說明著工作的艱苦，我知道那些熱帶開墾地區的墓碑比園裡的蔬菜繁殖得還快，但人在年輕的時候總認為熱病和死亡會擊倒別人而放過自己的。

實在說來，我也沒有選擇的餘地，於是我便到了勞泰達簽了一張十年的合同，得到一捆厚厚的鈔票。我把一半送給叔父，其餘的一半給了城裡的一個女孩子，因為她很像那個毀了我的女人。就這樣子身無分文，連一隻錶都沒有，便離開了歐洲，我心裡也毫無幻想，當船駛離碼頭的時候，甚至連一點悲傷都沒有。我那時就像你現在這樣坐著，只準備去欣賞東方，去欣賞新天空下的棕櫚樹；夢想著奇妙的森林，夢想著寂靜，夢想著和平。

不久我就不勝寂寞之苦了。他們沒有把我派到巴達維亞或是沙哈巴那些大城市去，在那裡總還可以接觸到白種人，可以享受到俱樂部高爾夫球和書報。而竟把我派到一個離城有一天路程的偏僻場所。那小社會中包括著兩三個愚蠢可惡的官吏，一兩個半上流的人，周圍是無窮盡的森林荒野樹叢和窪地。

起初，那生活還能忍受，因為總算有點新奇的魔力。我曾埋頭苦幹了一陣子。有一天，副總督來鄉下視察，翻車斷了腿，我單獨給他做了一次緊急的手術，經過良好，很快地復元，因此大大地受到人們的稱讚。這時我另外還在從事一些人類學的工作，研究土人使用的毒藥和兵器，總之我想盡辦法保持勤奮工作的習慣，最後還是萎靡不振了。那種從歐洲帶來的銳氣消盡之後，這鬼地方便完全把我征服了。我開始喝酒，把自己沉浸在孤獨的幻想中。

好在只要再掙扎兩年，我就可以恢復自由，拿一筆退休金回到歐洲去開始一種新生活了。於是我整天無所事事地等待著，我會一直等下去的，如果不是遇到這樁我要告訴你的意外事件。」

在黑暗中說話的聲音又打住了，煙斗也不再發亮。夜又靜到只剩了船底破浪前進的水聲和機器心臟的微弱跳動。我很想擦根火柴燃吸一枝香煙，又怕那火光會照到這陌生者的臉上，驚擾了他的沉思，他是在想怎樣謹慎措詞呢？還是忽然改變了念頭不願意對我講了？

船上又傳來鐘聲——三點。他忽然驚動了一下，又響起一陣酒瓶和杯子碰擊的聲音，然後振作起來，有點激動地說：

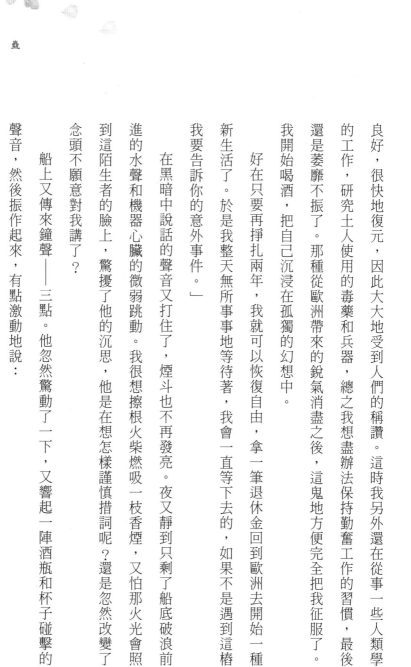

「噯，就這樣一個月又一個月地過著，我像個躲在網中心的蜘蛛似的動也不動。雨季剛完，我已經聽了好幾星期的雨聲，而沒見過一個人，一個白種人了。整天跟黃皮膚的僕人和威士忌酒在家裡混日子，那思鄉之情越來越強烈了。每逢看見小說上，講到明朗的街道和白種女人的時候，手指便不由得抖起來。你是個所謂周遊世界的人，你對於一個地方的認識絕不能像住在那裡的人感受一樣。在這裡白人有時會染上一種熱病，被弄得昏迷不醒或精神錯亂。有一天我正俯身在看一張地圖，夢想著將來怎樣去遊那些名都大邑。忽然我那兩個僕人驚慌失措地跑進來說有一位白種人——一位白種婦人要見我。

我也不由得一驚，因為我並沒有聽見車子的聲音，怎麼有人來了，再說怎麼會有一位白種婦人到這偏僻之地來呢？

這時我是衣衫不整地在二樓的陽臺上，不便接見客人，必須趕快打扮一下並且振作一下才行，因此走下樓來的時候，心中充滿了緊張不安之情。那會是誰呢？這裡我並沒有熟人。在這蠻荒之地，一位白種婦人來找我做什麼呢？

那位夫人已經坐在那裡了，椅子背後還立著一位中國僮僕。她迎著我站起身來的時候，我看見她戴著厚厚的開汽車用的面紗。我還沒開口，她便搶著說：

『早安，大夫。』她說的是英語。『請原諒我這麼冒昧來訪。』話說得很快，好像預先背熟了的一般。『我是剛好經過這裡，要停下來休息一會兒，忽然想起你就住在這裡。』這就怪了，她坐車來的，為什麼不把車子開到門口呢？『我是久仰大名，你上次給副總督施行的手術，真是件奇蹟，有一天我看見他在玩高爾夫簡直同平常人一樣。現在人人都在談論你，要是能辭掉那位老醫生和那兩個助手，把你調到我們那裡去，該多好呢！對啦，你為什麼從來不到那邊去玩呢？躲在這裡像野人似的……』

她滔滔不絕地說著，簡直不讓我有插一句口的機會。但在那花言巧語後面又顯然地隱藏著焦躁不安，這使我也跟著惶恐起來，滿懷狐疑地在想：她為什麼不通報姓名？不取下面紗？她得了熱病嗎？她是個瘋子嗎？我這樣子站在這裡讓她用那些言不由衷的空話來把我淹沒，有點像傻子似的可笑。等她的話略微遲緩點的時候，我才開口請她到樓上去坐。她對那小僮使了個眼色，叫他留在原來的地方，她便走到我的前頭上樓去了。

『這地方真不錯，』她四面打量著我的起坐間稱讚著說。『呵，這麼多好書！我真想把它們都讀一遍。』她走近書架，把那些書名細看著，總算住了一下口。我趕快問道：

『您喝茶嗎？』

她頭也沒掉轉一下，回答說：

『不要，謝謝您，大夫。我一會兒就要走。呵，還有佛羅貝爾（今譯福婁拜）的《情感教育》，這真是了不起的一本書。這樣看來，你也懂法文，你們德國人真厲害──你們學校裡什麼語文都學。能懂幾國語言真令人欽佩。那副總督除了你，絕不會讓別人給他開刀的，我們那位外科大夫是只會打橋牌。但是你，噢，所以我剛才經過這裡的時候，忽然想到要來請教請教，不過……』她說這些話的時候，仍然是面對著那些書，並沒有望著我。『不過，你也許很忙，我還是下次再來吧。』

『好，好，現在要攤牌了嗎？』我心裡納悶地想。但面上一點不露聲色，只肯定地對她說很願效勞，隨便什麼時候都行。

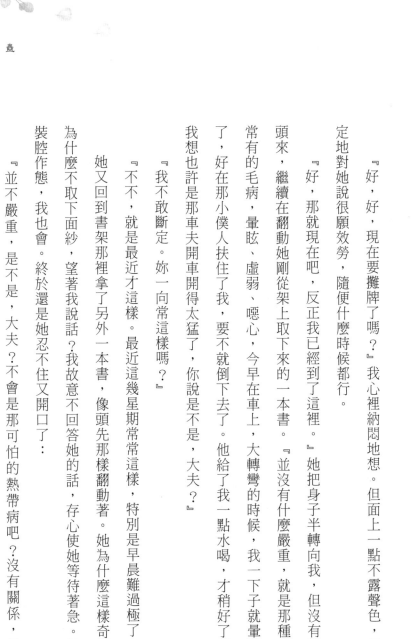

『好，那就現在吧，反正我已經到了這裡。』她把身子半轉向我，但沒有抬起頭來，繼續在翻動她剛從架上取下來的一本書。『並沒有什麼嚴重，就是那種女人常有的毛病，暈眩、虛弱、噁心，今早在車上，大轉彎的時候，我一下子就暈過去了，好在那小僕人扶住了我，要不就倒下去了。他給了我一點水喝，才稍好了些。我想也許是那車夫開車開得太猛了，你說是不是，大夫？』

『我不敢斷定。妳一向常這樣嗎？』

『不不，就是最近才這樣。最近這幾星期常常這樣，特別是早晨難過極了。』

她又回到書架那裡拿了另外一本書，像頭先那樣翻動著。她為什麼這樣奇怪？為什麼不取下面紗，望著我說話？我故意不回答她的話，存心使她等待著急。她會裝腔作態，我也會。終於還是她忍不住又開口了：

『並不嚴重，是不是，大夫？不會是那可怕的熱帶病吧？沒有關係，是不是？』

『我先要試試妳有沒有發燒，試試妳的脈。』我向她走去的時候，她躲開我，說：

『不用試，大夫，絕對沒有發燒。我天天量體溫，自從……自從我開始覺得昏眩。溫度從來沒有高溫過，消化也正常。』

我遲疑地想了一下，這位來客的古怪行徑已經引起我的猜想，她一定是要我為她做點什麼事，她絕不會跑這麼遠的路，到這荒僻之地來談論佛羅貝爾的。我故意讓她等了一會才說：

『對不起，我能問妳幾句話嗎？』

『當然，當然可以。來看醫生為的就是這個嘛。』她輕聲地說著，但又轉過身去翻閱那些書了。

『請問，妳有小孩嗎？』

『有一個小男孩。』

『那麼，妳以前懷孕的初期是不是也有這種現象？』

『有的。』

回答很堅定，很乾脆，完全不是剛才那種空洞冗贅的語氣了。

『那麼，妳現在也很可能是懷孕了。』

『是的。』又是那麼堅定而又乾脆的語氣。

『最好請到診察室，一檢查就可以知道的。』

她終於轉過身來面對著我了，隔著面紗都使人感到那目光的銳利難當。

『用不著，大夫，我對於自己的情況知道得很清楚。』」

又來了一陣沉默。這位述說者又摸索著喝了一口使他振奮的飲料，然後重新開始說：

「你設身處地來想想看，我本來萎靡不振地在過著孤寂生活，這時忽然不知從哪裡來了這麼個女人——這些年來第一次看見白種女人——我立刻便感到有點邪惡危險的東西進入我房內似的。她那鋼鐵一般的堅強使我起了一陣戰慄。好像她早準備好了來這裡空談幾句之後，立刻便斬釘截鐵地說出她要我做的事。至於做什麼事那是很明顯的。她並不是第一個女人來向我做這種請求，可是別人都是含羞忍辱哭哭啼啼地求我幫忙解除她的困難，而現在這位女人竟是例外的像男性般的剛強，一開始我便覺得她比我強，她可以隨心所欲地驅使我。不過，要說邪惡進了我的屋子，也可說它同時進入了我的心中，我忽然升起一種刻毒心思，覺得她是個敵對的仇人似的。

好大一陣子，我悶聲不響。我覺出她在面紗後面盯著我，向我挑戰，她要逼我開口。可是我並不那麼輕易就範，我答話了，然而假癡假呆，不著邊際，模仿她剛才的空洞辭令，裝著沒聽懂她的意思。我要她自己坦白說出，我不願曲意逢迎。我要她像別的女人那樣求我，為了她的傲慢也非要她求我不可，再說也是因為我自知最容易向這種驕橫的女人低頭，我要特別強硬點。

我避重就輕地同她談著她的問題，說這並不嚴重，虛弱暈眩是生理上應有的現象，正是健康的證明。我還引述了許多實例，請她安心……什麼都談，就是不說到那件事情上。我在等她來打斷我的話，知道她會受不了的。

果然她揮動了一下手，像要把我的話撇開似的。

『大夫，問題不在這方面。我是覺得身體不及以前好，我心臟有毛病。』

『妳是說心臟有毛病嗎？』我故作驚慌地重覆著她說的話。『那可要診察一下。』我做出就要去取聽診器的樣子。

她又一次反抗，像個司令官似的直截了當地說：

『我說有毛病，你就相信好了。我不願意浪費你的和我的時間去做不必要的檢查。再說，你也應該對我所說的話表示點信任，因為我已充分表示過我的信賴了。』

這成了一場搏鬥，她逞強，我也不示弱。

『要人信任先要自己坦白，絕對坦白。請明白地講吧。不過，先請坐下來，除去妳的面紗，放下那些書。沒有人戴著面紗來看醫生的。』

這時輪到她在應戰了。她在我面前坐下，把面紗取掉。我看見了一個我害怕看見的美麗面孔，光艷照人，使你不敢逼視，那是一種看不出年歲的英國型的美貌，總之是還很年輕，一對灰色的眼睛，充滿自信寧靜的神氣，同時還流露著深邃的熱情。薄薄的嘴唇緊閉著，好像絕不吐露任何心中的秘密。我們互相對望著有一分鐘之久，她向我投射出命令而又探問的眼光，還帶著一種近乎殘酷的冰冷神氣，最後我只好低下眼來。

她用手指輕敲著桌子，但還是不能排除那緊張不安，忽然開口說：

『大夫，你到底知不知道我要你做什麼？』

『我想我猜得出，不過還是直說好，妳要我終止妳現在的情況，把妳從虛弱暈眩嘔吐中救出來，替妳把病根除去，是不是？』

『是的。』這話堅定得就像那斷頭臺上落下的刀一般。

『這是犯法的，妳知道嗎？』

『我知道，不過有些情形是例外的，而且規定要那樣做。』

『那要有醫學上的根據。』

『你會找到那根據，你是醫生。』

她定定地望著我，好像在發一個命令，而我呢？我這個軟弱的人對於她那意志堅強的魄力羨慕得在發抖。不過，我還是竭力堅持著，不讓她看出她強過我。『不能這麼快，』我心裡在想，『要為難她，使她哀求。』

『醫生也不能總找得出充分理由，或者讓我和同事們商量一下看——』

『我不要你的同事，我來找的是你。』

『請問，為什麼單單找上我？』

她冷冷地望著我，說：

『告訴你也沒關係。我來找你是因為你住在一個偏僻的地方，因為你以前不認識我，因為你醫術高明，因為……』她第一次表現出猶豫。『因為你在這裡不會待很久了，尤其是你如果能有一大筆錢帶回去的話。』

我感到一陣寒顫，這冷靜的計劃使我不勝憤恨。她沒流一滴眼淚，沒說一句軟話，原來她早已衡量過我、估計過我，認定她可以任意擺布我。實在說，我也確乎無力抗拒了，不過她那種高高在上的神氣激怒了我，我又勉強自己去做一個冷酷的頑抗。

『妳說的那一大筆款子是要給我作……』

『作為酬謝你的幫忙和馬上離開這裡。』

『妳一定是知道那樣我會失去退休金的。』

『我送給你的錢絕對會超過那個數目。』

『妳說得很清楚了，但我還想知道得清楚點，妳打算給我多少錢呢？』

『一萬二千荷幣的在阿姆斯特丹付款的支票。』

我又驚又氣地發著抖。她什麼都考慮到了。她把我定了價錢，還想出付款辦法，使我趕快離開。原來她在未見我之前已決定估價收買，一廂情願地處置著我。這太可氣了，我真想給她一個耳光，但當我憤恨地站起來的時候，看了她那不慣哀求的緊閉的嘴唇，和那從不低垂的昂然的前額，忽然在心中升起一種強暴的欲望。大概這種欲望在我的表情上流露出來了，她忽然抬起眼來像要趕走一個可厭的乞丐似的瞪著我。這一刻，我們互相在仇視著，同時了解著彼此的憎恨。她恨我，因為她用得著我；我恨她，因為她不肯哀求我。在這沉默無言中，我們才第一次毫不掩飾地交談著。好像一條毒蛇咬了我，一種可怕的念頭到了我心裡，我對她說……我對她說……呵，我說得太快了，你也許不能了解，我還是先告訴你這種狂妄心思是在什麼時候引起來的。」

他停下來又喝了點酒，再開始說下去的時候，語調更亢奮了。

「我並非要為自己解釋，不過是不願使你誤會罷了。想來我也許不能算是個好人，但我敢說是隨時準備著盡力幫助別人的。在這裡所過的這種索然無味的生活中，唯一能給我點喜悅之情的就是用自己所貯存的些微知識，幫助一個窮苦病人重獲他的新生。那是一種創造性的愉快，能使人覺得自己像神明似的。每逢一個黃皮膚的爪哇小孩被抱進來，那被蛇咬了的腳，腫得像他的頭一般，而嘴裡還驚喊著直怕割去他的腿——而我救了他的命也保全了他的腿的時候，那種無上的快樂是難以述說的。我曾開幾小時的車到森林裡去救治染上熱病的患者；從前在我的診所裡，我也曾為婦女們做過現在這女人要我做的事。但在那些時候，你至少感到別人需要你幫忙，求你把她從絕望或死亡之中救出來。使你樂於助人的原因就是覺得別人需要你。

但在這個與眾不同的女人——我將怎樣說才好呢？從一見面她那假裝無所謂的樣子就激怒著我。她的傲慢引起了我的反抗，她的態度挑撥起我那潛伏的邪惡——那人人都有的邪惡。我氣她擺出的貴婦的架子，氣她對於一件有關生死的事情表現得那麼冷靜。再說，一個女人絕不會玩著高爾夫球就懷了孕的，我憤怒地想著在她心中我不過僅僅是個工具，利用完了就看得連腳下的泥土都不如。她這麼傲慢、冷淡、高貴，但兩三個月之前，曾經熱情地投身在一個男人懷中——就是現在要我來毀滅的胎兒的父親懷中。這就是我前面所說的那狂妄心思。她曾傲慢輕視地向我走來，但要我像那不認識的男人一樣征服她佔有她。請你明白這一點，過去我從未利用醫生身分去佔病人的便宜，就是此刻，我也不是由於肉欲或獸性的發洩，絕對不是。使我激動的純粹是制服一種驕傲的欲望，我要把自己表現成男子漢，使她認識我的男性自尊。

我已經對你說過了，傲慢冷淡的女人一向對我有種特殊魔力的，現在，又加上七年來我沒見過白種女人了，更失去抗拒的能力。本地的女人都是嬌小玲瓏、低聲下氣地逢迎著你，稱你作『老爺』，隨時準備著接受你，但掃興的就是這種過分的卑屈和殷勤。我相信阿拉伯女人不是這樣，就是中國和馬來亞的女人也不同，但我是住在爪哇。因此當我看見一個這麼高傲冷酷而又神祕熱情的婦人到來，是多麼受到刺激，你也可了解了。這樣一個女人竟昂然無畏地走近像我這樣一個孤獨饑渴的人的籠內，那，那……我告訴你這些話，你可以更明瞭以後的故事。這些惡毒的思想閃過我腦中的時候，我冷冷地說：

『一萬荷幣？不行，為這個我不幹。』

她面色略微灰白地望著我。無疑地她猜出問題不在錢上了，可是她仍然接下去說：

『那麼，你想要什麼呢？』

『讓我們打開天窗說亮話吧。』我也緊接上去說：『我不是做生意的人，妳不能把我看作是《羅密歐與茱麗葉》裡面的那個可憐醫生，為了一點不名譽的金錢就出賣他的毒藥。妳如果把我看作生意人，那妳絕對買不到妳想要的東西。』

『那麼，你是不肯答應嗎？』

『為錢我不答應。』

來了一陣沉默，屋裡靜到可以聽見她的呼吸。

『別的你要什麼呢？』

我潑辣地說：

『我要妳第一別談生意，把我當人看待。妳需要幫助就來找我好了，但別帶著金錢攻勢，那是最傷人的。只要妳把我當個人來求助，我就會把妳當個人來幫忙的。我並不僅只是個醫生，不僅有診療時間，還有我自己的時間，妳可以在那時來找我。』

又來了一陣沉默，然後她翹著嘴唇說：

『這樣說，我求你，就肯答應嗎？』

『我沒有這樣說。看妳還是在談生意，要得到我的許諾，妳才肯求。不行，妳先求，我才給妳答覆。』

她像一匹凶悍的馬似的仰起頭來，憤怒地望著我說：

『我不會求你，情願死也不會求你！』

這時憤怒也抓住了我，粗暴地說：

『好！妳不求我，我就求妳吧！相信不用說，妳已經明白我的意思。妳答應了以後，我一定幫妳的忙。』

她定睛地望了我一會兒，於是，哦，我怎樣使你了解那眼光的可怕？於是，她那臉上的緊張線條突然鬆下來，同時發出一陣哈哈大笑……帶著一種使我粉碎而狂亂的輕蔑。這好像一陣威力無比的爆炸，我嚇得很想匍匐在她的面前去吻她的腳，請求饒恕。但她的呵責像閃電一般擊到我的身上——轉眼之間，她已經掉身走向門口去了。

我不由自主地追上去，向她道歉，向她討饒，我的精神已完全崩潰。但她走出門去的時候，回頭對我命令著說：

『別打算追隨我，探聽我是誰！那樣做了你會後悔的。』

她閃光一般地走了。」

又一陣遲疑，一陣沉默，他又喝了一口酒。

「門一下子便關上了，可是我留在原處，一動也不動，她的命令好像把我催眠了。我聽見她走下樓梯，聽見門關了，我想追上去。為什麼？是要叫她回來，打她捏她嗎？總之我要追她，但動不了，她的話已把我嚇癱了。我知道說出來很好笑，然而事實確是如此。時間一分鐘一分鐘地過著，不知過了五分鐘還是十分鐘，我才算能動了。

剛一動，那魔力便解除了，我立刻衝到樓下。從這裡到外面的路只有一條，我趕快跑到車棚去取腳踏車，到了那裡才發覺忘記拿門上鑰匙，來不及回去取，用刀把那竹門戳破，便把車子拖出來騎上，瘋狂般向前追去，我一定要追上她，在她走進汽車之前追上她，對她說點話。

一路上塵土飛揚，從這路程上可見我在樓上呆立了多久的時間。在這路順著森林拐彎的地方，我終於望見她了。她急急地走著，後面還跟著那個小僮。她一定是發覺我追來了，只見她對那小僮說了點什麼。那小僮停留下來，她獨自繼續向前走著。她為什麼要自己一個人走？是要到一個沒有別人可以聽見的地方同我講話？我趕快用力踏著車子，快要騎到那小僮面前的時候，他忽然跳上來攔住了我的路，為了躲避他，我摔倒在地上了。

我翻身起來，一面罵著一面舉手要打，他敏捷地閃開了我。但我扶起車子要騎上去的時候，他又跑過來，抓住輪子，用古怪的英語說著：『老爺，停住。』

你沒在這熱帶地方住過，也許不能了解一個僕人竟敢如此無禮是多麼可惡，我一句話也不說地便給了他一拳。他搖晃了一下，仍緊抓著車子不放。他那細小的眼中充滿了驚怖，但仍用不可思議的決心緊抓著車子，不讓我走。

『老爺，停住。』他重複地說。

好在我當時沒帶手槍，否則真會一槍把他打死。我氣得只大聲喊著：

『滾開，讓我走！』

他惶恐地望著，但並不服從。我知道再拖延下去，她就要逃走不見了，不由得冒起火來，狠狠地又給他一拳，把他打倒在路上。

現在車子解脫了，但我要騎上去時，發覺前輪已摔彎，不能動了。我瘋狂地用手去扳正它，結果還是不行。只好把它拋在那小僮身邊，開始向前跑著。

對啦，我跑著。現在我又要說你沒在這熱帶地區住過也大概不能了解我這話的意思。一個白種人忘記了自己的尊嚴，在一些土人面前，這樣跑著是非常可笑的。可是我早已不管這些，一心想追上她，沿著那條大路在狂奔，經過土人小茅屋前的時候，他們都擠在門口看一個白種人。看一個大夫在跑，像個洋車夫似的在跑。

我滿身大汗跑到駐守所的時候，第一句就是問：『汽車在哪裡？』

『剛剛開走，老爺。』

他們吃驚地望著我，不用說我是又濕又髒遠遠地便喊著那句問話的時候，像著了魔的人似的可怕。我向路那頭張望著，只見汽車駛過揚起的塵土瀰漫，卻已不見汽車的蹤影。她留下那小僮阻攔我的計劃成功了。

不過，逃走也沒有用。在這裡歐洲人的小社會中，什麼事都瞞不了人，而且她去看我的時候，她的車夫曾在這裡待了一點鐘之久，因此，不一會兒我便弄清了她的底細。她住在離省城一百五十里遠的地方，她是英國人（這點我早已知道），她的丈夫是一個荷蘭商人，非常富有。他因業務到美國去了五個月，最近就要回來了，然後再一同往英國去。

她丈夫出門五個多月了，而她懷著不到三個月的身孕。

事情到此為止，我很容易把一切經過都解釋得很清楚，因為我是個訓練有素的醫生，對於行為動機和心理狀態都能加以分析。但是從這以後，我完全像個著了魔的人，對於自己的一切都失去了反省和控制。明知是荒謬的舉動，還是要做下去。

你可曾聽說過蠱嗎？」

「好像聽說過，是馬來亞人的一種昏迷狂亂症，對不對？」

「不止昏迷，不止狂亂。那是一種使人變成瘋狗般去殺人的癲狂。那是一種奇怪可怕的心智迷亂，在這裡我見過不少這種病例，也曾加以研究，總不能發覺病源。大概是由於這地帶的氣候悶熱潮濕，神經受不了那種令人窒息的氣氛的壓迫，突然爆發，就成了中『蠱』。當然也還有另外的原因，譬如馬來亞人中『蠱』，往往是由於嫉妒、賭輸了錢或是別的什麼事，不過在中蠱之前都是安安靜靜的毫無症候，就像那女人未來之前，我在家裡靜坐著的樣子。而好好的一個人會忽然跳起身來，抓起一把尖刀就衝到街上狂奔不已，凡是擋住他的路的，不管是人是獸，遇到就殺，血腥的氣味使他更加凶狂，邊跑邊喊，口吐白沫，眼淚直流，手裡還拿著鮮血淋漓的刀，大家都知道除了死，什麼也攔不住他，只有互相警告著『蠱！蠱！』遠遠避開。他跑著殺著，一直到別人把他像打瘋狗似的打倒為止。

因為我曾親眼看見過一個中蠱的馬來亞人狂奔的樣子，所以我很明白我那些日子的情形，完全像那馬來亞人一樣，在那女人後面直追不捨，除了想再看見她以外，什麼也不想，什麼也不看。我已記不大清楚是怎樣匆忙出發追蹤的，總之，在那駐守所知道了她的姓名住址之後，立刻借了一輛腳踏車騎回家，帶了幾件衣服和一點錢，便趕到火車站去。沒有向當地行政官報告，也沒有找人代理職務，對圍上來問這問那的僕人，也毫無吩咐，就這樣揚長出去了。從那女人走進我的房裡到這時總共不到一個鐘頭，我已拋開了整個過去，向著空虛的面前開始中蠱的狂奔。

不過，我的匆忙都是白費，這已是將近傍晚的時分，在爪哇的山區，為了怕山洪暴發，火車夜晚是不行駛的，結果我在站臺上度了無眠的一夜，然後坐了一天的火車，第二天晚上才到達她住的城內。到了那裡不到十分鐘，我已經站在她的門口。你一定要說『這真是再蠢沒有了。』我知道，我知道，但中蠱狂奔的人是不理會要跑到哪裡去的。

我遞進一張名片，一個僕人（不是那小僮，大概他還沒有復元）進去又走出來對我說：『太太不舒服，不能見客。』

我蹣跚地到了街上，圍著那房子轉了有一小時之久，抱著一個渺茫的希望，想她也許會忽然改變主意，派人找我回去的。於是我在附近一家旅館裡訂了一個房間；叫了兩瓶威士忌。藉了酒力，我總算睡了一大覺——在生死之間的狂奔中得到一次休憩。」

船上的鐘聲又響了，已是清晨四點鐘。突然的聲響又使那述說者頓住了口，過了一會兒才又振作起來，繼續說下去：

「以後的事真不知怎樣對你說才好。想來當時我一定在發燒。總之，我是處在近乎瘋狂的狀態中，是個中『蟲』的狂奔者。這天是星期三，我到後來才知道她的丈夫預定星期六到達。我能救助她的時間只有三天的工夫，這是刻不容緩的事，但她不肯見我！我一心渴望著幫助她，渴望著向她謝罪，這渴望更加重了我的神經錯亂。在這千鈞一髮的當兒，一分一秒都是珍貴的，而我的失常行為卻嚇得她不敢接近我。試想你要是跑在一個人後面大聲警告著叫他提防暗殺，驚慌中他會把你當作就是那暗殺者，反而更向滅亡的路上跑得快一點。在她的心目中，已認定我是個曾經有意羞辱她而至今還窮追不捨的惡徒。

在整個事情中最糟糕的就是這一點；我是一心要幫助她的人，而她不願見我；

我情願犯罪也要幫助她，而她不知道。

第二天早晨我又去求見她，那小僮正站在門口。想來他是和我坐同一趟火車回來的。他大概是早在那裡張望著，所以我剛走近，還沒看清他臉上的傷痕，他已掉頭不見了。他一定是進去通報的，也許她已看出我的誠意，準備接受我的幫助了，但當時一看見那小僮，想起自己打他的蠻橫，不勝羞愧，竟沒遞名片便趕快走開了。我滿懷痛苦地離開了也許同樣在痛苦等待著的她。這是我至今想起還疑惑悔恨的。

在這陌生的城裡，真不知怎樣打發那些煩人的時光才好。最後想起去看那位我給他醫好腿的副總督，他剛好在家，不用說是很歡喜見到我。呵，我對你說過沒有？我講荷蘭話是同講德國話一樣流利的，因為我曾在荷蘭讀過幾年書，而這也是我在國內無法立足時選擇了到荷蘭殖民地服務的原因之一。這時我的樣子一定非常古怪，副總督在歡迎之中，一直驚疑地望著我，好像已經看出我中蠱了。我對他說我來是請他給調換個位子，不願再在那偏僻地方待下去，想趕快到城裡來。他納悶地端詳著我，像醫生對病人那樣端詳著。

『大夫，你也得了神經衰弱，是不是？』他問，『我非常了解這種情形，讓我們來想想辦法吧，不過你要耐心等一等，大概要等三四星期，因為先要找到代替的人才行。』

『三四星期？我一天都等不及了。』

他又露出驚疑的神氣說：

『大夫，這是非等不可的，那裡不能一天沒有醫生。我答應你今天起就給你想辦法好了。』

我咬著嘴唇站在那裡，第一次意識到自己是個出賣給人的奴隸，完全沒有行動的自由。我滿心憤慨地想對他反抗，但他老練地安撫著我，不讓我有開口的機會，繼續著說：

『你知道嗎？你像個隱士似的過著那種孤獨生活，精神當然要受不了。我們常奇怪你怎麼也不請假到城裡來玩玩。一個人總需要有朋友，有消遣的，呵，對啦，今晚就請來吧，總督府有招待會，你來參加好不好？所有的僑民都會來，其中有好些人是常問起你，希望認識你的。』

最後這幾句話使我聽得豎起耳朵來。『問起來？想認識我？那些人中有她嗎？』這念頭到了我心中像酒一樣，使我立刻起了禮貌，道謝他的邀請，答應一定早來。

我早早地到了那裡，到得太早了。在總督的大客廳裡我是第一個早到的客人，無聊地坐在那裡看那些黃種僕役赤腳無聲地往來操作，同時覺得他們都在我背後指點竊笑，等他們把一切準備完畢退出之後，那大廳靜得可以聽見自己口袋中滴答的錶聲。

這樣過了一刻鐘之久，別的客人才開始到來。先是幾個政府官員和他們的妻子，接著是副總督。他看見我竭誠表示著歡迎，並開始長談，我開頭總算還能冷靜對答，後來，一下子又緊張起來，語無倫次了。

她走進來了，幸而副總督剛好離開我去和別人打招呼，否則，我真會對他掉頭不顧的。她穿著一身黃緞衣服，露著曲線優雅的象牙色的肩頭，在一群人中說說笑笑地走著，一副容光煥發的樣子。但是我知道她的隱憂，我看得出那笑後的苦味。我向前移動著，但她沒有看見我，也許是故意不看。她的笑容使我又要發狂，因為我知道那是假裝的。『今天是星期三』，我心裡想著，『星期六她丈夫就要回來，她怎麼還能坦然微笑？還能玩弄著扇子而沒把它捏碎？』

我這個陌生人想到她將面臨的困難都要發抖；我這個陌生人這兩天已為她的痛苦而痛苦不堪，她怎麼還能笑得出來，如果那不是遮蓋內心風暴的假面具？

隔壁房間傳來了音樂，跳舞開始了。一位中年軍官跑來邀她共舞。她對正在和她說話的人們道了歉，就挽著他向舞廳走去，這使她到了我身邊，不能不看見我了。她微微一驚，接著便坦然友善地點了點頭，說了聲：『晚安，大夫。』便走過去了。

誰能猜出她那漠然的眼光中蘊藏的是什麼？我完全迷惑了。她為什麼公然和我招呼？她想和解嗎？她在防範嗎？還是僅僅突然吃驚的表現？我怎能猜得出呢？我只覺得自己的心深深地被擾亂著。

她滿面笑容地在跳華爾滋，但我知道她心裡想的不是跳舞，而是那椿只有我在為她分憂的秘密。這麼一想，我的著急、我的渴望、我的困惑更加厲害了。不知有沒有人在注意我，相信我的焦灼表情一定成了她那漠然神色的明顯對照。除了她，我無法去看別的。我一直盯著她，看她是否有一刻的工夫除下她的面具。我這固定的目光一定使她感到了不安，當她和舞伴走回來的時候，向我狠狠地瞪了一眼，好像命令我檢點一點似的。

但是我，像我剛才所告訴你的，是在中蠱狂奔，有什麼辦法控制自己呢？我非常明白她那眼中的意思，是要我在這公共場所別露出馬腳，如果我趕快悄悄走開，相信第二天再去拜訪她一定會接見我的。相信她當時希望於我的就是保持慎重，別鬧笑話使她當場出醜。我完全明白她的意思，但我已是個中蠱的狂人，竟要在那裡立刻和她談話，向著她在交談的一堆人中走去。那都是些不認識的人，我毫不客氣地向前擠著，擠到她面前站下來聽她說話，每一次她的眼光鞭子似的落到我身上，我便像個被打的狗一般戰慄著。沒有一個人理我，她更是顯然惱恨著我的闖入。

不知過了多久，我像被符咒定住了似的一動也不動地站著，最後她實在忍受不住了，忽然美妙地轉身對大家望了一眼，漫不經意地說：『我有點累了，想早走一步，實在對不起，再見，晚安。』

她向大家點頭告別，轉身走了。我望著她那黃緞衣上露出來的潔白光滑的背脊，最初像睡著了似的只覺今後不能再看到她了，今晚是我等著拯救她的最後一晚，竟一句話也沒說地讓她走了。我呆呆地站著直到……直到……

如果要讓你明白我當時的愚蠢荒謬，先要讓你知道當時的情況才好。這時那總督府大廳裡雖然燈光輝煌，人卻沒有多少，因為大半都到舞廳跳舞去了，年紀大不愛跳舞的也都各自找伴到別的房間玩牌去了，這裡只還剩了零零落落的幾堆人在閒談。她以一種從容優雅的態態，穿過這空洞的大廳向門口走去，一面走一面向旁邊的人點頭微笑，儀態萬千，簡直使我看得出神了。她一直走著，快到門口的時候，我忽然驚覺她要逃走了，立刻拔腿跑著追了上去，是的，我在跑著，在那打了蠟的地板上喀喀地跑著。每個人都向我投來驚訝的目光，我覺得很難為情，但無法打住。在門口我追上了她，她轉身望著我，眼裡像在冒火，鼻孔也在顫動。但她有著我所沒有的自制力，轉瞬之間，她制止了自己的憤怒，故意使別人也能聽見地縱聲大笑著說：

『噢，大夫，你一定是到現在才記起給我小兒子開的藥方來。你們這些研究科學的人呵，總是忘東忘西的。』

旁邊站著的兩個人也跟著笑了。她那驚人的急智居然使我也恢復了一下意識，取出懷裡的小本子，把一張空白處方紙遞給了她，同時還喃喃地說著道歉的話。她接過紙去，微笑地說了聲『晚安』便轉身離去了。

尷尬的局面總算混過去了，但我知道我們的關係越來越沒法挽救，為了我的愚狂，她對我更加多了一種憎恨，一種有甚於死的憎恨，現在，就算我去叩門求見一百次，她會像趕一條狗似的，一次又一次地把我趕開。

我蹣跚地穿過大廳，別人都在望我，不用說我那樣子準是非常古怪。我到酒吧櫃檯上一口氣喝了四杯白蘭地，只有這種刺激還能使我行走，說什麼也無勇氣再回大廳，我像個小偷似的，從旁門溜出去。到了街上又鑽進酒館，想喝個爛醉，忘記一切，但什麼也不能麻醉我的神經，耳邊總響著她那使我戰慄使我發狂的笑聲。到了港口岸邊我俯視著下面的水，非常後悔沒攜帶手槍，要是對著頭打一槍，跌進這靜靜的水中多好。一心想著我小箱內的手槍，決意要結束我的性命，急急地回到旅館去。

回去之後，我並沒有自殺，但絕不是由於怯懦，請相信我，在我來說，還有什麼比扳一下槍機結束我的痛苦更好的呢？可是，最後那責任感來困惱著我，使我發瘋地想著她也許至今還等著我幫忙，我確知她需要幫忙。這是星期四的早晨，還有兩天她丈夫就要回來。我知道這個驕傲的女人忍受不了被發覺的羞辱。我反覆想著這念頭，在屋裡走來走去，走了幾個鐘頭。真該詛咒那種荒唐、那種大錯，使我的施救成了不可能。現在怎樣走近她？怎樣說服她使她相信我所希求的就是為她效勞呢？她不要見我，不要見我。幻覺中我又聽見了那裝出的笑聲，看見了那鼻孔的顫抖。來回地，走著，走著，天已大亮，早晨的陽光已照到走廊上，你知道，在熱帶的人都是六點就起床的。

猝然間，我走到桌前坐下，取出信紙給她寫信。信中我乞求她的寬恕，說我是個狂人罪犯，但無論如何還是請信任我的幫忙，我發誓，事後會離開這城市、這殖民地，甚至這人世都可離開，如果她要我那樣做的話。現在只求她寬恕信任允許我在這重要關頭為她效力。我寫了有二十頁，那一定是滿紙如火如荼的狂言囈語，寫完站起來時，滿身大汗，覺得整個屋子在旋轉。我喝了一杯水，想重看一遍，但那些字一直在亂晃，只好就那樣裝進信封，可是封口之前又想起加點感動她的話，抽出來在最後一頁的背後寫上：『將在旅舍等候寬恕，如今天之內不見回音，決自殺以報。』

封好了信，喊了一個僕役叫他立刻送去。這時我除了等待再無別事可做了。」

好像表示那一段空白時間，他停了好幾分鐘才又說下去，語調更加激動了。

「基督教對我已失去意義，那天堂地獄之說對我已無影響。即使有地獄，我也一點不怕它，因為它不會比我這幾小時的情形更殘酷。那旅館的小房在中午的熱帶太陽下蒸熱著，你是知道那些小房的，只有一床一桌一把椅子。一個人坐在桌前的椅子上，望著桌上的鐘和手槍，不吃、不喝，連煙也不吸，一動也不動地望著那鐘面的秒針不停的繞圈。那就是我怎樣度過的一天，等著，等著，等著，等著。然而，儘管如此，我還是帶著那瘋狂的固執，一心想著追逐毀滅。

好，我不必再對你述說那幾小時的光景了，總之，我很納悶一個人怎麼竟會活著挨過去而沒有變成瘋子。在三點二十二分，（恰好三點二十二分，因為我的眼睛一直盯著錶面。）有了敲門的聲音，一個土人小孩拿著一封信，我一把搶過來，還沒拆閱信封，那小孩轉身不見了。那是一張簡單的字條，總算得到她的回音了，但我無法看清那些跳躍的字。我把頭在冷水裡浸了好大一會兒才平復了激動，看懂了那鉛筆寫的幾個英文字：

『太晚了！不過，還是等在旅館裡吧，也許還得找你來。』

那是從舊廣告之類的紙上撕下來的半張糊紙，上面沒有簽名，字跡潦草而不穩定，不知是在匆忙之中寫的還是在搖動的車上寫的？只覺那裡面充滿著焦急慌張和恐怖，緊緊抓住我的心。不過，我還是很高興，因為她終於回答我了。我要活下去，因為她需要我，她終於要我幫忙了。我沉陷在猜測和希望裡，對著那寥寥幾個字，看了又看、吻了又吻，漸漸地冷靜下來，進入半睡半醒的狀態，完全忘了時間的存在。

這一定經過了好幾小時，當我突然驚覺時，天色已經蒼茫，大概有六點了。好像又有了敲門聲，注意聽著，果然不錯，又是輕輕的急急的一聲，我一下子跳到門口，外面站著的是那個小僮。總算還有足夠的光線，使我不但看出他臉上被打的青痕，同時看出他的黃皮膚上籠罩著一層灰白。

『老爺，快來。』他只說了這麼一句。我立刻跑下樓去，他在後追隨著。一輛馬車停在門口，我們立刻跳上去。

『怎麼啦？』那馬車不用吩咐便走動起來之後，我向那小僮這樣問著。

他望著我，嘴唇扭動著，一句話也不說。我一再重複著我的問話，他始終默不作聲。我又氣得想要打他了，但一想到他這是忠於他的女主人，便立刻又住了手。不說就絕不說，他就是這個樣子。

馬車飛奔直前，嚇得路上的人紛紛躲避。那些街道非常雜沓擁擠，因為已經離開了歐僑居留地，我們是穿過爪哇和馬來亞區向著一個小城走去。最後轉進一條窄巷，在一座破落的小屋前面停下來。那是一個隱秘地方，對面有一間點著蠟燭的小店，像是鴉片館私娼窩或收藏贓物犯人的地方，總之，就是東方小城中常見的那種不法之徒聚集出沒的場所。

小僮敲了敲門，門開了一條縫，接著是一陣竊竊私語，我忍耐不住了，跳下車來，把門用力推開，一個東方老婦驚慌逃避著。那小僮帶著我走過一條甬道，到了另一個門口。推門進去，一片幽暗，瀰漫著酒味和血腥，有人在呻吟，我看不見什麼，只向著那聲音走去。」

又是一陣停頓，再開始時他已泣不成聲。

「我向著那聲音走去，那就是她，她躺在一張髒蓆子上，痛苦呻吟著縮作一團。我看不清她的臉，因為屋內太暗了。我伸出手去摸到了她的手。一隻滾燙的手。她在發著高燒，我明白了這是怎麼一回事時，不由得寒顫起來。原來她跑到這麼一個鬼地方來動了手術，她躲開我而情願讓一個污濁的老婦來毀傷自己。僅僅為了這裡的人能為她保密，她寧肯讓個妖婆將她殺害，也不願由我來調理，這都是因為我太愚蠢，表現得像個狂人……因為我損傷了她的驕傲，我沒有立刻答應幫忙……因為她怕我比怕死還厲害，所以她甘願來冒生命的危險。

我高聲喊人拿火來。那個老妖婆端了一盞冒煙的油燈進來，我真想把她捏死，但那又有什麼用呢？現在藉著昏黃的燈光，我可以看清那被折磨的可憐身體了。

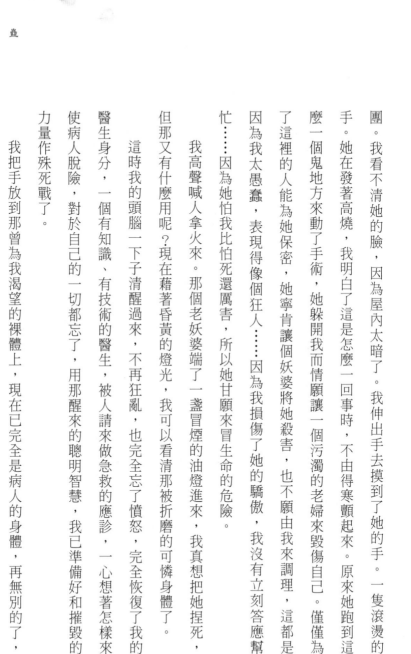

這時我的頭腦一下子清醒過來，不再狂亂，也完全忘了憤怒，完全恢復了我的醫生身分，一個有知識、有技術的醫生，被人請來做急救的應診，一心想著怎樣來使病人脫險，對於自己的一切都忘了，用那醒來的聰明智慧，我已準備好和摧毀的力量作殊死戰了。

我把手放到那曾為我渴望的裸體上，現在已完全是病人的身體，再無別的了，我看到的只是一個和死亡作掙扎的生命，一個在痛楚中蜷曲的肢體。她的血沾到我的手上，也毫不覺可怕，我又成了一個老練的醫生，冷靜地應付著一切，但以我老到的經驗，看出了她的危險之大。

的確，我看出一切都完了，很難出現奇蹟。她受傷得那麼重，生命的血不停地流著流著，而這個髒地方又是任何可以止血的東西都沒有。我看到的和觸到的全是污穢，連一個乾淨的盆、一點乾淨的水都沒有。

『我們得馬上到醫院去，』我剛說出這話，那痛苦的身體上又加添了精神的痛苦，她痙攣著表示反對：

『不，』她微弱地低聲說：『不，不，我情願死。誰也不能讓他……把我送回家去，回家！』

我知道，名譽在她比生命更重要。我明白了只有服從。那小僮拿著一個擔架，我們在夜晚把她半死地抬回家去。不理那些僕人的驚慌詢問，一直抬進她的房內。然後就開始了一種掙扎，一種冗長而無益的掙扎。」

他說到這裡，忽然抓住了我的胳膊，使我不由得驚呼了一下。他的臉湊到我的面前，近得可以看見他的白牙齒和眼鏡的光亮，他的語調緊張得有點像嘶叫。

「你這位我白天從未見過的陌生人，想來你是環遊過世界的，你可知道眼望著一個人死去是怎麼回事嗎？你可曾坐在一個痛苦欲絕的人的身旁，看見過一個軀體做最後的抽動，指甲發青的手向空中亂抓？聽見過那喉嚨的嘎嘎之聲，注視過臨死的人眼中的恐怖神情嗎？你可曾有過這種可怕的經驗嗎？你這位漫遊全球的閒人，只會順口說著什麼助人的責任。

作為一個醫生，我是常看見死亡的，並且還研究過死，但是以人的身分，只有這一次充分認識了死：只有這一次我是和另一個人一同活著一同在死，只有這一次，徹夜不眠中，絞盡腦汁在想，怎樣去止住那血流，怎麼退去那高燒，怎麼驅開那迫近的死亡。

一個做醫生的人有科學訓練和醫藥知識更有著救人的責任，卻一籌莫展地坐在垂死者的身邊，按著那越來越弱的脈搏，想著這是沒有辦法的事，那是怎麼一種滋味，你知道嗎？我的手像被縛住了一般，竟不能送她到也許能施救的醫院，什麼也不能做，而只眼望著她死，一會兒像教堂裡的迷信老婦喃喃著毫無意義的禱告，一會兒又緊握著拳頭咒罵那明知並不存在的上帝。

你能了解嗎？你能了解嗎？我所不能了解的是一個人怎麼竟能度過那些時刻而沒有和死者一同死去，怎麼竟能照常活下去？

還有一件加重我的痛苦的事，是當我給她注射了一針減輕她痛楚的嗎啡，坐在那裡望著她面色灰白地睡去時，覺得背後有人在盯著我，回頭一看，原來是那小僮望著我喃喃禱告，當我們的目光相遇時，他竟感激祈求地向我舉手膜拜，好像我是個神一般，而我卻正自覺像地上的一個小蟲似的無用，這使我多麼痛苦，我真想罵他踢他，但立刻又想起他是和我共同忠於這垂危女人的，他是和我分擔著一個秘密的，覺得親切起來。他像個畜生似的木然不動地窺伺著我的舉動，我一要什麼，他便立刻拿來，那種急迫神情好像以為我想出了辦法，那件東西有種救命的力量似的。我相信他會獻出自己的血來救她，那是毫無問題的，而我也是一樣，但不能止血，輸血又有什麼用呢？那不過是白白延長她的痛苦罷了。這小僮和我都是情願用自己的生命換取她的生命的，從這點就可見她加於人的力量有多大，我被這力量懾服得連救她都不敢。

天快亮的時候，她從藥力中醒來。張開眼睛，那裡面已沒有驕傲和冰冷了，只剩了熱度的燃燒，茫然地向周圍尋視著，看到我的時候，她迷惑了一下，接著用力去想這個陌生人是誰，等到猝然記起時，開頭是升起一股敵意，接著是無力地抬了一下手，好像要把我揮開似的，從這些動作上可以看出，如果她能動的話一定又要逃走，不過，接著像有了反省，那望著我的眼光漸漸平靜，呼吸迫促地想說話了。我趕快把耳朵湊上去，注意去聽那微弱之極的聲音說：

『能不叫人知道嗎？能嗎？』

『沒有人會知道，』我全心全意擔保著說，『永遠不會有人知道。』

她的眼光還是不寧靜，又用力地吐出幾個字來：

『你發誓，發誓！』

我嚴肅地舉起手來喃喃地說：『我發誓絕不說。』

她望著我，雖是那麼衰弱，還由衷地表示著感激，不管我對她做了怎樣的傷害，最後她還是感謝我，她微露出笑容。過了一會兒，她又要說什麼，但已筋疲力竭，發不出聲音來，她闔上眼睛，靜靜地躺著……天色大亮的時候，一切都完了。」

沉默又落下來，很久，很久，他才平復了自己的激動狂亂，頹然向後坐著。這時已經五點鐘，星斗漸稀，風也漸涼，天快破曉了。不一會兒，我能看清他了，他已脫去帽子，在那光禿腦蓋下的痛苦不安的臉色顯得非常可怕。他也在對我端詳著，看他傾訴的對象是個什麼樣的人。接著又說下去：

「在她，是完了，但我還沒有完。我在一個陌生地方獨自守著一個屍體。一向這地方謠言的傳播是像野火一樣快，而我又發誓要守一個秘密。試想這是怎樣艱難的處境！一個在殖民地高層社會中的活躍的女人，一個健康良好的女人，大家頭一天還看見她在總督府跳舞，現在突然死了，而且只有一個醫生知道底細，看著她咽氣的，這個醫生是從外地偶然來到這城裡，臨時被小僮請來的。他們曾在夜間把她抬回來，一直抬到內室，天亮的時候才把所有的僕人叫來說太太死了。這稀奇的新聞一定會立刻傳遍全城。現在我這個醫生將怎樣解說她的死亡？怎樣解說我的施救和失敗的經過？怎樣解說沒有找別的醫生來幫忙的原因？

我知道，擺在面前的難題是什麼。我唯一的助手就是那忠實的小僮。他也知道我們要應付的是什麼。

我對他說：『你懂嗎？太太最後的吩咐是不要叫人知道這件事。』

『絕無問題，老爺。』他簡單地說著，但我知道他的可靠。

他擦淨地板上的血跡，把一切整理就緒，他的鎮靜敏捷也給了我很大的影響，我忽然從來未有過地集中起力量來。當一個人失去了一切而只剩一點殘餘的時候，他會奮不顧身地為那唯一的殘餘而鬥爭到底。現在我所鬥爭的殘餘是她的遺物——秘密。我冷靜堅決地要把捏造的死因告訴每個來問的人。好在這熱帶地區常有突然致死的暴症，而且一般人是從不懷疑醫生的權威診斷。我叫那小僮說，她忽然得病派他去請醫生，正好遇到我就請來了。我們共同坦然自若地向所有的人這樣說著的時候，我心裡卻在等待真正有關的一個人，那位主任醫生，他是要在葬前檢驗屍體的。這是星期四，星期六她丈夫就要回來，好在迅速埋葬是這裡的規定，不必等他回來才入殮，但必須在死亡證明單上簽字的卻是主任醫生而不是我。

九點鐘的時候，他來了。當然是我叫人請來的。他是我的上司，由於我那次給副總督接骨受到讚揚，他對我討厭得要命。他也就是那女人說過只會玩橋牌的那位大夫。按照規定，我想調遷職位應先向他報告，但我沒有那樣做，而無疑地副總督又把我的意思告訴他了。所以那天早晨一見面我便看出了他的敵意，這倒也正好加強我的頑固無情。他在前廳見到我劈頭便問：

『勃蘭克太太是什麼時候死的？』

『早晨六點。』

『什麼時候找你來的？』

『昨天天黑不久。』

『你知道我是她的指定醫生嗎？』

『知道。』

『那時候你為什麼不去找我？』

『時間來不及，再說，她叫我單獨給她診看，堅決阻止我去請別的醫生。』

他注視著我，臉漲得通紅。但是竭力壓制著怒氣，裝作毫不在意而胸有成竹地說：

『好吧，她活著的時候，你不找我，現在死了，總算還記得你的職責叫我來了，那麼我也盡我的職責來檢定一下死因吧。』

我一聲不響地帶他到了死者房裡，可是一到那裡，不等他走近那屍體，我便說：

『這不是檢定死因的問題，而是怎樣來揑造個死因，勃蘭克太太找我來救她，是因為她找一個東方老太婆給她墮胎出了危險。在挽救無效的時候，我曾發誓維護她的名譽，現在我求你幫幫忙。』

他驚愕地望著我：

『你要我和你串通來掩沒一件罪行嗎？』

『對，這就是我要求你的。』

『其實，』他冷笑著說：『也就是要幫忙瞞過你的犯罪。』

『關於勃蘭克太太的事情，我已經明白地告訴你，是由於她的失檢和另一個人的犯罪（如果你堅持用這字眼）造成了不幸，我來救她的。如果我是罪犯，此刻絕不會還活著的。她已經自作自受地犧牲了，另外那人懲罰不懲罰並非重要的事，鬧開了不能不損毀她的名譽。那是我受不了的。』

『你受不了？看你說話的樣子，好像你是我的上司，忘了我是你的上司，竟敢吩咐起我來。你忽然從森林後的小窩裡鑽出來，我就覺得準有點事故。你想活動到城裡來，這倒是怪不錯的表現。好啦，一切等我檢查了再說。對你說吧，我一定要據實填報，絕不會在偽造的證明書上簽名的。你用不著妄想！』

我不慌不忙地說：

『這次你一定得簽，否則，別想活著走出去！』

我把手伸進衣袋內，其實那手槍忘在旅館裡，並沒有帶在身上，但我的虛張聲勢收到了效果，他驚慌後退著。

我上前一步軟硬兼施地說：

『看我這裡，別逼我走上極端，你知道嗎？我把你的生命都看得一錢不值，我早已看穿一切，這世上只有一件事是我關心的，那就是對這位死去的女人遵守我的諾言，保守她的秘密，我可以向你保證，如果你簽一張證明，說她由於熱症突襲，引起心臟痲痺致死，我準在一星期內離開這裡到別處去。如果你願意，我一槍打死自己也可以，這樣就再不會有麻煩。這該使你滿意了？我相信你一定滿意的。』

我的聲音和樣子一定很可怕的，因為他嚇得不得了。我進一步，他就退一步，就像一個人看見執著血刀狂奔的中蠱者，不由自主地害怕著。很顯然地他已軟化，聲音也變了。不再是打官腔的主任醫生，但仍故作姿態地喃喃地說：

『我一生沒簽過假證明。我照你的話做了也不會引起懷疑的，不過，在良心上我總覺得不應該這樣做。』

『拿通常的觀點來看，當然是不應該的，』我幫他找臺階下臺，順著他說，『但這情形是特殊的。你已經知道如果揭發了真相，只有使活著的人增加悲傷，使死去的人名譽受損，幹嘛還遲疑？』

他點了點頭，我們一同在桌前坐下來。親密合作地商量著去寫診斷證明，那是明天報紙上發表的病情報導要根據的。寫好之後，他站起來打量著我說：

『你下星期就搭船回歐洲去，是不是？』

『當然，我要遵守我的諾言。』

他還繼續望著我，看得出他是想恢復他的尊嚴做出談判的樣子，但這不是容易的事，想進點忠告是和想遮掩煩惱一樣困難。他說：

『勃蘭克就要回家來了，我想這可憐的傢伙一定會把她的屍體運回英國去的，你知道，他是有錢的人，有錢的人常常異想天開，我要趕快叫人預備堅固的棺材，盡早入殮。他會知道在這種大熱天不可能等到他回來。就算他認為我們做得太鹵莽，也不會說出來，因為我們是官方人員，他了不起是個商人罷了。再說，我們這樣做也是為了使他免除不必要的悲傷。』

幾分鐘前的敵人，現在竟成了盟友。他知道不久就會永遠擺脫我的，樂得送個人情，並且他也要為自己辯護才覺得心安，但他接著我說的話，可太怪了，臨走他親切地握著我的手說：

『希望你不久能身體復元。』

他這是什麼意思？我病了嗎？我瘋了嗎？我很有禮貌地為他開了門，說著再見。可是他一走，我的力氣便垮了，我跑到她床前倒下去，就像那狂奔的中蠱者，終於被射擊倒地了。我在地上不知躺了有多久，忽然一陣沙沙聲響，我睜開眼來，看見那小僮站在我面前，激動不安地望著我說：

『有人來了，要見一見太太。』

『誰也別讓他進來。』

『但是，老爺！』

他遲疑而膽怯地望著我，想說又止，看出他很難過。

『他是誰？』

那小僮嚇得像怕被打的狗似的抖著，但仍不敢說出名字來。這是土人僮僕們忠心於主人的一份珍貴感情，我不忍再問，便說：

『帶他進來吧。』

實在也用不著他說什麼，我立刻便猜出是誰了。這個被我完全遺忘了的不認識的人，我非常想見一見他。你聽了也許會覺得很奇怪，自從她對我洩露了秘密而又拒絕了我的可恥的要求之後，我本已不把他放在心上，在那接連而來的匆忙、緊張、危急的情況中，我簡直忘了還有一個與此有關的人，這人是為她深愛，甘願獻身的，如果這是前一天，我會恨他，想把他撕碎，但現在我急想見他，因為他是她所愛的，我也愛他了。

我走進前廳，看見一個年輕的，非常年輕的金髮軍官手足無措地站在那裡，他蒼白瘦削，那樣子是剛剛成年而急於要表現男子氣概，竭力鎮靜自持，但舉起來行禮的手抖得那麼厲害。他完全符合了我想像中她所愛的人的樣子，純真英俊而又溫柔，我真想給他一個熱烈的擁抱。但我的好奇的目光和熱情的接待，使他更加畏怯不安，他拼命鎮壓著自己的激動，含著淚說：

『我知道不應該進去，但我想再見勃蘭克太太……最後一次。』

我不知不覺地把手臂搭在他的肩上，帶他向裡面走去，他吃驚而又感謝地望著我，我們之間就在這一刻有了無可置疑的友情，並肩走到她的床前。她已被白布單蒙蓋著，只有頭肩和手還露在外面。想到我在那裡也許對他不便，趕快躲到一邊去站著，他這時也像我頭先摔倒那樣，跪倒在她床前，失聲痛哭起來。

我說什麼好呢？無話可說。我扶他起來一同坐到沙發上，無言地用手撫摩著他那一頭柔軟的金髮，他也緊緊握著我的另一隻手，過了一會兒，他說：

『大夫，請告訴我實話，她是不是自殺的？』

『不是。』

『那麼是不是有人與她的死有關呢？』

『沒有。』我這樣說的時候心裡卻在想：『有的，就是我和你。是我們倆害了她。我們倆——還有她的驕傲。』但我竭力忍住，沒說出來。又肯定地對他說了一遍：

『沒有。沒有人可怪。這是她的命運。』

『我不能相信，』他痛苦地說：『這是無法相信的，前晚她還在舞會中和我點頭微笑，怎麼會一下子就死了，這麼意外，這麼快！』

我對他編了一套假話，雖是她的愛人，我也必須要保密。那一天和以後的幾天，我們總在一起，像兄弟般地親密交談著，雖然並不坦白，而彼此都感到由於同死者的關係，我們的生命結合在一起了。在這情形之下，我不只一次地想說出事實真相，好不容易才忍住沒說。他再也不會知道她懷了他的孩子，她曾找我毀滅那愛的結晶，她因為受到我的拒絕才用自己的生命去冒險，終於做了犧牲。雖然我什麼也不說，而我藏在他那裡的那幾天，是除了她再也不談別的。呵，我忘記告訴你啦，他們在尋找我，因為她丈夫回來時，棺材已經蓋上，他不大相信那死亡證明，同時已有許多謠傳，他想找我這個最早的見證人，仔細問個明白。但我想到和他見面就覺得受不了，所以我躲起來，四天沒有露面。她的愛人用假名字給我買了個到新加坡的船位，半夜裡把我送上船來。我放棄了所有的一切財物和已經做了七年的工作，我住處的大門已經打開，誰要什麼就拿什麼；我的工作早已因擅離職守而被革除。但我的走是為了不能再在那隨時會記起她來的地方住下去，假使說我像個小偷似的半夜逃走，那也是為了逃避她、忘記她。可是這企圖失敗了，當我上船的時候，剛好起重機也吊上一個長方匣子來，原來是她的棺材，她的棺材！她追著我，像我追她那樣，從山中一直追到海上。當時，我不露聲色，裝作毫不在意，因為她的丈夫就在旁邊。他帶著棺材回英國，也許是要到了那裡開棺檢驗，查個究竟……不管怎樣，他又把她奪回身邊，從我們這裡把她奪回去了。現在，她又成了他的，不是我們的了。到了新加坡，我又隨著那棺材和她丈夫，換到這艘德國船上。我要保護她保護到底，絕不讓他知道那秘密。她是為躲他而走向死亡的，我要幫助她反抗，什麼也不讓他知道，她的秘密完全屬於我一個人。

你明白了嗎？你明白我為什麼躲開那些人嗎？當我想到艙底貨堆裡放著她的棺材，怎受得了那些人的無聊的談笑和輕薄的調情。艙門關著，我不能進去，但別人在甲板上走來走去或是在大廳跳舞的時候，我感到我在陪她。自然這是傻勁，我知道海洋裡不知沉有多少屍體，而我們踐踏的每一步地下也都埋過死人。但無論如何我還是受不了，受不了在運有她的遺體的船上看他們歡笑跳舞。她還有點事情留給我做，她的秘密還不安全，等安全之後，我的諾言才算圓滿履行了。」

甲板中間傳來潑水的聲音，水手門開始要洗刷了。他驚慌地站起來。

「我要走了。」他喃喃地說。

他因為哭泣和喝酒，兩眼通紅，滿面悲苦，那樣子顯得非常可憐。但對我的態度又忽然疏遠起來。顯然為自己的吐露心事而有點懊悔和難為情，而我竭力表示著友好的態度說：

「今天下午我能到你的艙房拜訪嗎？」

他扭曲著嘴唇不自然地微笑著，遲疑了一下，才用正常的語調說：

「呵，對啦，『助人是做人的責任』，這是你奉行的格言，對不對？幾小時之前，你抓住我的弱點，用這句話打開我的話匣子的。但是謝謝你的好意，不必來看我。不要以為我對你說出了自己的隱秘，會覺得舒服點，我的生命已被撕成粉碎，沒有人能把它再補湊起來。我為荷蘭政府工作了七年，一無所得，因為我是私逃回國，退休金也沒有了。一個人中了蠱，是絕不會有好結果的，最後一定是射倒算完。我很感謝你要來看我的好意，不過，我還是獨自待著好，並且在艙房我也有解悶的伴侶——好多瓶威士忌。另外還有一個好朋友，可惜早沒用他而要留到以後才用。我是說那把手槍對於我將比任何公開懺悔更有用，所以不必勞駕來看我，請不要見怪。在做人的權利中，有一種是剝奪不掉的，那就是可以隨心所欲地決定何地用何種方式來結束自己。」

他用一種強橫的神氣對我望著，但我看得出他那愧疚之情，無限的愧疚連一聲再見也沒說便轉身走了。從此以後我也真的沒有再見到他，雖然好幾次深夜裡又到原來的地方去等，也全無蹤影。如果不是在那許多乘客中的確有一位臂上纏著黑紗的人，據說他是荷蘭人，而妻子最近因熱症去世，我簡直要以為那一切是我自己編造的惡夢。那人也是憂傷孤獨地不大同人說話，每逢看到他，便不由得想起我知道他的隱秘，在路上遇見，我總是扭轉臉去，唯恐他看出我對那折磨他的事情比他自己知道得還多。

在那不勒斯港口發生的怪事，我相信可以從我聽到的故事中找到解釋。那時大部分旅客都上岸去了，我是到了歌劇院，又到了羅馬大道的一家燈火輝煌的咖啡館。當我們很晚坐著汽艇回船的時候，我看見有幾隻小船，上面的人拿著火把和煤氣燈照著亮，圍繞著那船梯巡迴不已，像在尋找什麼，同時船上有幾個人在低聲說著話。我問一個水手發生了什麼事，他避不作答，顯然是受了命令不准聲張。第二天這船繼續向熱內亞駛去時，大家還是什麼也不知道。到了熱內亞，在一張義大利報上，我才讀到那不勒斯港發生的一次所謂意外之事的傳奇化的記載。據說船上的人要把一個印荷富婦的棺材，在深夜不致驚擾別人的時候，運到汽艇上去，當那棺材從一條繩梯向下滑的當兒，忽然一個沉重的物體從甲板上落下來，把那棺材衝落到下面等著的汽艇上，汽艇被打翻，坐在裡面的丈夫和僕人也都跌落到水裡，那棺材因為有鉛層很重，立刻便沉到水底了。汽艇上落水的人都被救起，雖然費了很大的力，總算幸無死傷。

這件意外事件發生的原因是什麼呢？有的說是一個瘋子跳海自殺，剛好碰上了棺材；有的說是繩子負擔過重被扯斷了，有人跳海的話是推卸責任。總之，最後船上的負責人把這事巧妙地做了掩去正確事實的措施，一切都平靜下來。

後來在報紙上又有一個簡短新聞，說在那不勒斯港內撈到一個四十歲左右的男人屍體，頭上有槍打的傷口。似乎誰也沒有把這件事和棺材落海發生聯想。但是我一看到立刻覺得字裡行間又現出那個幽靈般蒼白的面孔和閃亮的眼鏡來。

# 奇遇

（一九一四年的秋天，騎兵團的一位軍官，弗萊瑞・密契爾男爵在阿渥拉司克之役陣亡。死後在他的書桌抽屜裡找到一個封口的紙袋，裡面裝著下面這個故事。他的親屬看了看題目，翻了翻內容，認為是一篇小說的草稿，便交給我判斷一下能不能出版。我看了之後，覺得這完全是真實的生活經驗，絕對不是小說創作。因此，便把它作為人性的自由，一字不易地發表出來。）

有一天忽然想起來，我應該把那天晚上的奇遇寫下來，這樣可以使自己順著自然的過程，對整個事件從頭到尾仔細察看一下。這偶然的念頭有了之後，竟越來越強烈，終於成了非寫不可，雖然我毫無自信，不知能否充分寫出這件事的奇異之處。我沒有寫作的天才和訓練，只從前在學校讀書的時候，曾試寫過一兩篇幽默小品，現在寫這種東西不知是需要特殊技巧呢，還是只靠熱情就能把事態的發展和內心的反應適當地表現出來？好在我是為自己而寫，並且自己都有點難以弄明白的事，也無意一定要別人理解。我寫的目的，只是要把這件曾使我大感興趣而又深受感動的事，照實記錄下來，以便盡量客觀地來做一番分析。我從來沒有把這意外的遭遇對任何朋友講過，每次要講而又停止，這一方面是怕他們不能了解這件事的要點，另一方面是怕他們對我有所嘲笑。實在說來，這不過是樁個人小事。我用「小事」這字眼，意思是針對那些有關國家人群的大事而言，同時是要有時間上的意義，因為我要記述一些經過都是發生在六小時內的。不過，對我個人來說，這些瑣碎的經驗，卻是非常重大；也許別人看來無關緊要，在我卻是嚴重之至，四個月後的今天，我還是對它激動不已，激動得非把它說出來不可。我每天每小時地把那些枝枝節節反覆不已地在心裡想著，好像那已變成我生活的軸心，我的一言一動不覺地受著它的支配。除了它，我簡直不能再想別的，我常想把這突然而來的意外遭遇記述下來，這樣可以使我肯定地知道已經抓住了它，我寫的唯一目的就是要把它抓得更緊，使它在我面前更具體化，再重演一遍。讓我再那麼激動地享受一番。剛才我說把這件事寫出來是為了把它結束，這完全錯了，實在我是用要把當時感覺不清，過後又容易遺忘的事，留下個更生動活躍的圖畫，使他們有聲有色，對我成為永遠的真實。我並不是怕忘記了那個悶熱的下午和緊接著到來的奇異的夜晚，在那些時光中是用不著紀念物和里程碑來作標誌的，像一個夢遊者不會走錯路線似的，我在那回憶裡面也是絕不會迷失的，因為那一切都印在我的澄清的心靈中而不是那容易模糊的記憶裡。我能把一片新綠的春景中的每張樹葉都在紙上勾勒出輪廓，現在，雖說是秋天了，我仍能在想像中聞到那溫馨的栗子花香。所以我寫這篇記錄，重述過去的一切，並不是為了怕忘記，而是要享受這重述本身令人興奮的喜悅。至今，我的印象還是那麼鮮明，情緒還是那麼激動，一想起一九一三年六月八日那一天，我坐著一輛馬車……

寫到「我」這個字，我又要把話題岔開一下子。下面我寫我怎樣怎樣，現在又寫「我」在一九一三年六月八日坐著一輛馬車，同一個「我」字，但用得實在很不恰當，因為我早已不再是六月八日的我了，雖然那才過去了四個月，雖然我還是在當時的「我」所住的房子裡，坐在他的書桌前，拿著他的筆。我早已和那時的我變成截然不同的兩個人。在我將要敘述的故事中，我可以完全客觀地描寫他，就像我在描寫一個相知很深的朋友或是伙伴似的，但他和我再沒有相像之處，這個我將說到的「我」，我將稱讚或責備的「我」，我對他一點也沒有曾經是我之感。

那時的我，無論是外形或是內心，都和他所屬的自命為上流社會的階級中其他人物毫無區別。那時我是三十五歲。父母在我快要成年的時候便去世了，留給我相當可觀的財產，毫無問題地我不必為自己的生活去從事一種工作。他們的去世，解除了我必須對自己的前途來做決定的煩惱。我剛讀完大學，選擇職業成了迫切的問題。就家庭的傳統和個人的傾向來說，我適於過一種寧靜、安全、深沉的生活，應該去參加高級文化工作。但我是父母的獨生子，全部家產的承繼人，這時我發覺以自己的財富大可過一種隨心所欲的獨立生活，並且我又是從來沒有什麼野心的人，於是便決定先花幾年的時間見見世面，然後再選擇一種富於吸引力的工作。結果，我很滿意這種觀望和等待的生活，因為我的願望不奢，對於不能得到的事物從不渴求。維也納的生活是舒適而又歡樂的，它的遊樂有著迷人的、懶散的誘惑，它的文化它的藝術，都是其他都會所不及的，並且由這一切所組成的豪華富麗的生活，是使人再也生不出奮發的念頭的。

我享受著所有那些為一個富有、漂亮、安分守己的青年人而備的歡樂；像那適可而止的旅行、運動、賭博等無害的緊張和刺激。並且不久我又在其中補充上藝術趣味的培養。我收集珍貴的玻璃器皿，但這並非由於特殊的愛好，只是因為這種範圍內的鑑定比較容易。我的房內到處布滿了名貴的玻璃雕刻，有的是從商人那裡買來的，有的是在拍賣場中經過喊價頗為豪奢地購到手的，我常主辦優美的音樂演奏會，也為名畫家舉行畫展。總之，我的時間支配得很好，生活像是非常美滿。我越來越喜歡這種永遠有趣而從無憂煩的溫和舒暢的生活氣氛了。我很少為新的欲望激動過，因為在這平靜的的環境中，許多小事都會給人很大的快樂，像選了一條滿意的領帶啦，買了一本新書啦，乘汽車旅行啦，或是和女人偶然相處啦……都會使我的快樂高漲到極點。在我特別感到高興的一件事，是我的生活很像英國裁縫做的服裝，找不出一點不順眼的地方。我相信朋友們都很喜歡我，願意時常和我見面。大部分的熟人都把我看作是一個幸運者。

我實在記不起當時的我，是否也自覺幸運了。因為現在，多謝那次事件，我對每種情感都要求有更深沉更適當的意味，再斷定從前的感覺已變成不可能了。我只能肯定地說那時並不快樂。事實上，我所有的願望都能實現，我所有的要求都能達到。但就因為這種隨心如意而又別無大志的情形，覺得生活實在虛弱無力。下意識或半意識中，渴望便在心裡活躍起來，但也不是什麼具體的願望，只是為願望而願望。想有一個較強烈點、少拘束點、多點野心、少點滿意的生活，渴望著日子過得更充實點，甚至還渴望著有點苦難。但是由於巧妙的安排，我早已把人生途中的所有反抗，清除得一乾二淨，這種反抗的缺乏也就形成了我的活力的枯竭。我發覺欲望在我心中的衝動越來越少、越來越弱了。我的感情產生了一種近於沉濺的現象，我在忍受著一種精神上的虛弱，對於生活再也不能起勁。是從一些很小的事情上我開始有了這種自覺。譬如我常常提不起興趣到戲院去看那轟動一時的演出，買了人人談論的新書，卻懶得去裁開翻閱。雖然仍繼續不停地收集玻璃器皿和名貴圖畫，卻不再肯為陳列的位置花費心思，並且搜求很久終於得到的東西也不再能給我特別的驚喜。

第一次充分發覺出這種心靈活力低落時，那情形至今還留給我很深的印象。那是一個夏天。從一個和我有三年親密關係的女人那裡寄來了一封信。那信很長，寫了滿滿的十四張紙。她告訴我說，她遇到了一個為她心愛的男人，她想要秋天的時候和他結婚，所以要先和我解除以前的關係。她說對我們共同度過的日子，毫無悔恨之處，並且將成為她歡樂的回憶，就在她以後的結婚生活中，對我的懷念也將是她過去生涯中最甜美的事。希望我會寬恕她這突然的決定，並且不要看不起她，也不要因此而難過。其實，我並不想設法去得她回來，也不會有想不開的煩惱，我在別的地方仍可找到安慰的。我立刻給她寫了回信，因為她一定為等我的信在焦急不安。

我頭一遍讀這封信時，只是對那消息很覺意外，到第二遍重讀的時候，我忽然有種羞愧的感覺，並且想明白了之後，由羞愧而又轉變成驚異。因為我那情婦所設想的感傷之情在我的心中是一點也沒有，這封絕交信並未使我感到痛苦，我既不生氣也不懷恨。冷淡到如此地步，真使我不由得害怕起來。就是從這件事開始，我發覺自己是在消沉的路上奔馳，或者是在水面上漫無目的地漂流著。這種冷淡是有點近於死亡，有點像行屍走肉，是未老先衰的心志凋零。

從此我像病人注視著自己的病狀似的，開始在注視著我這種感情的沉澱。不久，有一位朋友去世了，那是我童年時候的知交。可是送葬到了他的墓旁的時候，我曾自問著，我真是個哀悼他的人嗎？我真有失去了什麼的感覺嗎？完全沒有，我好像是由玻璃造成的，好像是一種透明體，什麼東西都不能在上面留個影像，努力也是枉然。我對周圍事物的漠不關心，就像坐在屋裡毫不為那打在玻璃窗上的雨點所動一樣，我和別人之間彷彿有著一道我無力除去的隔離物。不過，這種自覺也未帶給我不安，因為像我剛才所說的，就是對於切身之事我也一樣無動於衷的，所有憂傷也憂傷不起來。我這樣情感的衰落，別人卻並不知道。因為在社交生活中，我總是常常用人為的熱情引逗別人的驚訝，用感情的偽裝遮掩內心的淡漠，表面上，我繼續過著那種舒適的平靜生活。一星期又一星期、一個月又一個月地過著，然後由一月一月又引伸到一年一年。有一天早晨，我在鏡子裡看見鬢髮有灰白的了，不由得想到青春將離我而去了。其實，另一形態的青春早已消逝很久了。這種年華的失去對我也算不了煩惱，因為我並不曾看重它，我對自己本身也是一樣不感興趣的。

多謝這種淡漠，我的日子越來越平靜，任何遭遇對我都成了無所謂，它們模糊不清地接連而來，就像那樹上的葉子長了又落一樣。就是我將要說到的這一天也毫無特殊之點，和其他的日子完全一樣，一九一三年六月八日，我起床稍晚，這是因為回憶起在校讀書的生活，每逢星期天的早晨，總愛在床上多躺一會兒。起來之後，洗完澡看完報，忽然被外面的好天氣誘動了心，於是便像往常那樣出去散步，一路上和認識的人們點頭招呼或交談一言半語。最後到一位朋友家中去用午飯。這天下午沒有什麼約會，因為我愛無拘無束地過星期天的下午，我從朋友家裡出來，穿過大街的時候，忽然意識到這陽光照耀下的城市之美，對於它在這初夏午後的嫵媚，喜愛不已。每個人的樣子都是那麼歡樂，他們顯然都對這光明熱鬧的街景感到歡欣，而我呢，也對一些小事特別是那綠樹枝和瀝青路的對照發生著興趣，雖然我每天都走這條路，但星期天擠滿了服裝整齊的人群的景象，仍給我一種驚奇之感，不由自主地渴望著更多的新綠、更大的光亮、更繁雜的色彩，忽然生出到普瑞克街去看看的好奇心。在這春末夏初的時候，那條大道兩旁的大樹，就像些穿制服的巨人面對著川流不息的車馬在那裡排隊站立，同時向衣冠楚楚的行人奉獻著無窮盡的白色花朵。因為一向習慣了想到什麼就做什麼，於是看見一輛馬車經過，便喊住叫他送我到普瑞克街去。

「去賽馬場嗎？先生？」車夫和氣有禮地問著。

這才使我記起今天是大賽馬的日子，在維也納是萬人空巷都要去看熱鬧的。

「真是奇怪！」我走上車去的時候，心裡想著，「要是前幾天，我想忘掉這日子都不能的。」這件事情的遺忘，又使我意識到那苦惱著我的淡漠。

我們到了那裡的時候，街上幾乎是空無人影了。不用說是賽馬已經開始，在這寥落的街上只偶爾還有一二輛馬車飛馳而過。我的車夫回過頭來問我，是否也要他把車趕得那樣快，但我告訴他說還是慢慢地走吧，我並不急著要到那裡。我看的賽馬太多了，已不在乎早到晚到，在懶散心情之下，我倒是喜歡這種輕微搖擺的緩行，因為這使人有坐在船上似的感覺。再者，這樣我對那可愛的栗子花也可看得更清楚點，花瓣到處飄落著，成了微風的遊戲。它們在暖風的漩渦中常飛舞一陣然後再投入那把地面鋪白的落花堆中。我閉起眼睛呼吸著春的氣息，心裡又不急著到一個地方，這實在是很舒服的事。當馬車走到賽馬場門口的時候，我真覺得有點懊喪，差點想掉回頭去再享受一小時的車中搖擺。但是什麼都命中注定了，忽然一陣吼聲像海潮似的升起，而那發出這吼聲的人群卻又望不見，就像走近了海濱，雖然看不見海，卻已聽到浪聲，聞到鹽氣，忍不住要向著它奔去了。

由於那喊叫的聲音，證實比賽確已開始。不過在我和馬場之間隔了一層萬頭鑽動的人群，我不能直接看到馬跑，但一切競賽的情形都從那些觀眾身上明顯地映現出來。我特別仔細地去端詳幾個人的面部表情，他們都像瘋狂了似的改了常態。直瞪著眼、緊閉著嘴、伸著下顎、張著鼻孔，在一個冷眼旁觀的人看來，實在可笑而又可怕。我身旁凳子上站著一位服裝考究的紳士，照例想來，他的表情也應該同樣文雅，但這時竟像著了魔似的失態忘形，一手抓著白色馬票，一手拿著根手杖揮來揮去，彷彿在鞭馬前進，而他的身子也隨著顛動，好像他兩足所踏的不是凳子而是馬鐙。這時大概是有幾匹馬正不分勝負地並排跑著，因為忽然有幾匹馬的名字同時雷動地從那些緊張得要發狂的人嘴爆發出來，成了一陣驚天動地的怒吼。

我像激流中的岩石一般漠然地站在這些熱情的聲浪中，那心情是很難描述的，我不能說對這種熱烈場面完全不受感動，但總不能和他們一樣興奮，而只是在羨慕他們的熱情，和由這熱情產生的精力充沛的生活，不知可有什麼事也能使我這樣激動呢？有什麼事能使我也熱情燃燒，發出這般不由自主的呼喊呢？我不相信金錢會使我動心，也不相信女人會令我動情。世上沒有什麼能使死灰復燃。這些人為那一點輸贏就如此震動，而我呢，就是拿槍對著胸口要扳機門，也不會心跳一下。

我這樣在想著的當兒，比賽已將見分曉，大概是有一匹馬在領先跑著快到終點，因為這時大家叫喊的只有一個名字了。不一會兒叫聲停止變成了喧嚷，樂隊開始奏樂，群眾開始分散。一場比賽結束，輸贏已決定，緊張恢復到活躍狀態，剛才灌成一股狂流的熱情，這時分成一堆一堆地在談笑往來，我遇見了幾個熟人，打著招呼。但這人群中大多數都是互不相識的陌生人，彼此表示著有禮貌的端詳和不相干的冷淡，男人們貪婪地望著女人，女人們互相欣賞著服裝，富有階級的主要消遣就是那有修養的好奇心的滿足，雖然剛從熱狂中醒過來，卻又弄不清這社交活動的中心究竟是看賽馬還是享受這比賽之間的休息了。熟人看見了，都想同我談話，美麗的女明星狄亞娜坐在那裡也向我招手，但我不想和這些時髦人物交談，因為怕在他們身上看出我的影像，我唯一想做的是對這生活的形形色色做個旁觀者。

有兩個漂亮女人經過我的面前，我大膽地盯著她們看（**其實心裡一點也沒有轉**

念頭），看了她們那種忸怩不安和暗自得意的樣子很覺好玩。於是我就這樣玩世不恭地在人縫裡穿來穿去，向女人亂送秋波，也接受她們的回看。可是這沒有多久也感到厭倦了，剛好看到一個空座位便坐了下來。這時四周的人又漸漸地騷動起來，顯然是又一場比賽要開始了。這與我無關，我只坐在這裡注視著口裡吐出的煙圈，看它們升到空中而又消失不見。這就是那至今影響著我的空前事故發生的開端。那時間我知道得非常準確，是下午三點過一刻，因為當時我正在看錶，我正若有所思地對那交疊在一起的長短針凝視著，忽然聽見一陣女人的笑聲，我所喜愛的那種爽朗而又有點激動的笑聲，這好像一粒石子投進了黑水池內，我非常衝動地想回過頭去，看看發出這種笑聲的那女人的樣子，但接著又抑制住了這念頭，因為忽然想起一種我最喜歡做的心理試驗，要在未看她之前，先把她想像一番，用幻想力把她一部分一部分地裝備著，在心中描繪一個活生生的女人。

她就在我身後，笑完之後說起話來，我注意地聽著。她說話帶點匈牙利口音，語調活潑而快，發音清晰有力，像歌女的喉嚨，我把這一點和其他材料通通放進我那想像的圖畫，我給她畫了黑頭髮黑眼睛、相當大而美的嘴、潔白細緻的牙、小巧端正的鼻子，左頰上我還給她按了顆痣。她手裡拿著根馬鞭，笑起來的時候輕拍著裙子。她繼續在談著話，每個字都給我這幅畫加添著活力。她的胸部一定是少女般微微隆起，穿著黑綠色的衣服，佩著鑽石扣針，頭上戴著飾有白羽毛的淺色的帽子。我心中的構圖越來越清楚，她這人雖然在我背後，竟像是在我眼前了。可是我仍然想轉過頭去看看，讓真實來證明一下想像，不過在去看之前，我閉起眼來對心中的虛構更深記了一下。

這時，她忽然站起來向前走著。我不由得睜開了眼睛，多麼可惱呵！一切都不符合，每一點都和我所想的不同。她穿著白衣服而不是綠的，並不苗條，在那豐滿的面頰上，看不出一點我所期待的魔力。從那盞形帽下露出的頭髮是赭色的並不是黑色。總之，沒有一處是想對了的，實在說來，她很漂亮，只是我那心理學家的虛榮受了損傷，硬是不願承認這事實。差不多有點惡意地在注視著她，但儘管如此，我還是看出了她那種放蕩的嫵媚，感覺到她那健壯而柔和的體態的魅力。這時，她又大笑了一次，顯示著她那潔白的牙齒。這種熱情的笑聲和她那華美姿色是非常調和的。她的一切都是熱烈挑逗，那豐滿的身材，那笑時向前伸著下顎，那尖銳刺人的視線，那微翹傲慢的鼻頭，那緊握陽傘拄著地的手，處處表現著最基本的女性魅力，簡直像是一種肉欲的信號。站在她旁邊的是一個矮小伶俐而有點萎頓的軍官，用著一種很吃力的聲調在和她談話。她一面傾聽，一面做著反應的笑容，但那完全是做作出來的，而事實上，自始至終地都是在感受著周圍的形形色色，對所有路過的人，特別是男人，她都施展著微笑，吸引著注意。她的視線不停地向看臺上掃射，時時為發現了熟人而精神煥發，雖然還是微笑著在聽身旁人的談話，顯然已經心不在焉。她左顧右盼，但是沒有看到我，因為我是在她身後的，這使我很不自在，便故意站了起來，而她仍然沒看到。我向前挪動了一下——呵，她總算回頭來望了，於是我走近她的身邊揚了揚帽子，把我的位子讓她坐。她有點驚訝地望了望我，擠動著眼睛，唇邊做出一個可愛的微笑，說了聲謝謝，便接受了我的位子，可是並沒有立刻坐下去，只是把手放在椅背上，這樣使身子微微向前傾著，更顯出身段的美來。

這時我把方才因為猜錯而引起的煩惱完全忘了，只在想著和這女人開的小玩笑。我挪到看臺後面靠牆的地方，找了一個可以任意看她而不致太為人注意的位置。她感覺到了我對她的盯視，便故意微微地轉向我一點，做得非常自然，好像是無心的挪動。顯然她不憎惡我的無言追求，有時還暗中表示著回答。可是她那眼睛仍在流盼不已，什麼都不能使她注意得久一點。她的視線落到我身上的時候，那隱約的微笑可有什麼特殊意義嗎？我不能肯定地感覺出，這種捉摸不定使我很受刺激。有時，她那流動的眼光和我相遇，似乎很有情意，但她對別人也是一樣，好像只是為了賣弄風情，並且就是在這時候，她對她那朋友的談話還表示著很感興趣，這種裝腔作勢實在有點近於輕佻。是個操賤業的蕩婦嗎？是個天性淫蕩的女人嗎？我似乎受了她挑逗的吸引，不自覺地更向前湊近了一步。

我不再只是注視她的容貌，而是從容地端詳她的身體輪廓了。她迎接著我的視線，毫無不安的表現，嘴角上浮著一抹微笑，表面上像是為那位殷勤細語的軍官而發，其實，我很清楚地知道那是給我的答覆。我去望她那露在白衣裙下的腳時，她裝著毫不在意地也望了一下，並且過了一會兒，便把那腳抬起來踏在坐椅的橫檔上，裙子掀起將小腿完全顯露出來直到膝蓋。這時候，她對那友伴望著的笑容中，有著一種玩笑譏嘲的意味，很明顯的她是同我一樣，完全無動於衷地玩著調情的把戲。她這種奇特大膽的作風也未嘗不曾引起我的讚賞，但一方面向我施展肉體的誘惑，一方面又和她的友伴喁喁細語，同時玩弄著兩個人，這使我很覺憤怒和憎惡。於是我不顧一切地更向前湊近了點，粗野地注視著她，用眼睛說著：「你這個美麗的動物呀，我想要你。」也許我的嘴唇不自覺地也在動著，她有點輕蔑地微笑了一下，把裙子放下來。可是不一會兒，她那又黑又亮的眼睛又在亂送秋波。她和我倒真是一對，因為她也是像我一樣漠然冰冷的，我們兩個人在玩一條畫成的火繩，望上去很逼真，但並不是真的火。在枯寂無聊的當兒，這倒是很有趣的消遣。

忽然間，她那表情的變化不見了，眼睛的閃耀黯淡了，雖然繼續在微笑，嘴角上卻刻畫著勉強的線條。我順著她的視線望去，看見一個服裝不整身材矮胖的男

人，向著我匆忙地走來，跑得滿頭大汗，不安地用手帕在拭抹著。取下帽子的時候，露出了禿頭頂。在那戴著寶石戒指的手裡握著一疊馬票，像是緊張得不得了，連他妻子都沒有望一下，便大聲對那軍官說起話來。很明顯地他是位熱心的賽馬賭客，或是做馬生意的人。他的妻子對他的到來像是很覺煩惱，方才賣弄風情的得意完全沒有了，大概是低聲對他說了點什麼，他忽然把帽子戴了戴正，哈哈大笑著，用一種好脾氣的愛撫，擁抱起她的肩頭，她生氣地低下頭去，不用說是因為在那軍官和我的面前，這種夫婦之間的親暱很使她惱火。她的丈夫看見她不高興，道歉了一聲，便又繼續和那軍官去談話，過了一會兒，又毫不在意地挽起自己太太的手臂。我很清楚地看出，他這種在大庭廣眾之前表示親暱，非常激怒她，因此我忽然生出要看看她受屈辱的惡意享受。但是一會兒，她便恢復了平靜，一面溫柔地拉著她丈夫的手臂，一面譏嘲地望了望我，好像在說，「你看，我是他的，不是你的。」我看了很生氣，很起反感，簡直想扭頭而去，表示說這種粗俗人的妻子，我不再感覺興趣了。可是她的賣弄是有魔力的，我竟仍然站在那裡。

這時開賽的信號發出了，本來分別談著話的人群立刻被納入一種共同的感染，每個人都向著看臺的前面跑著，只有我不為這潮流所動，因為我要靠近那女人，說不定會來個凝視、捏手及其他親近的機會。我堅定不移地向著她擠去。但在這同時，她那位胖丈夫卻在向對面擠著，一心一意地去找看馬的好位子，因為這衝突的激動來得太厲害了，我們彼此竟碰撞在一起，把他的帽子都碰落在地上，還有他那手中握著的馬票也撒了一地，就像一些紅、藍、白各色的蝴蝶在亂飛著。他瞪了我一眼，我正要習慣地向他道歉，但那看不見的惡作劇的小鬼忽然封住了我的口，使我挑逗地回瞪著他什麼也沒說。在相隔不遠的距離下，他接受著我這無禮的注視，雖然一時弄不清是什麼意思，臉還是氣得漲紅了，可是接著又萎頓下來，露出一種惶惑可憐的表情，趕快把臉轉開，像是忽然記起他那撒落的馬票，彎身去撿著，同時把帽子拾起來。他的妻子看見了這一切，狠狠地瞪了我一眼，恨不得要給我一記耳光似的，這使我感到一種莫名的快樂。我繼續漠然無關地站在那裡，袖手旁觀地笑望那胖傢伙東張西望地尋找馬票。在他彎身低頭的姿勢中，他的衣領離開了頸子豎在那裡，就像那發威的母雞頸

上的羽毛，並且每一低頭便要喘吁吁地咳嗽一聲。那種滑稽的樣子，使我忍不住又笑了一笑。那做妻子的實在怒不可遏了，她的臉色由紅漲變成蒼白，我終於逼出了她的真感情——一種痛恨憤怒的感情。照說我應該把這尷尬的局面無窮盡地延下去，看著那慌張撿拾馬票的樣子尋尋開心也就算了。但那妙想天開的小鬼忽然又附到我的身上，使我興致更高起來，我還要進一步去挑逗。我從不記得有過更強烈的惡作劇的念頭，像現在要懲治這個大膽無恥的女人這樣。

這時那可憐的胖傢伙自以為把撒落的馬票都找回了，抬起身來，一張張地數著，結果發覺還少一張，那是一張藍色的，飄落到稍遠的地方，正在我的腳前，他用那近視眼在因汗水而滑落的眼鏡上面張望不已，但始終沒有看到。我那搗亂的念頭想使他的不幸更延長點，於是便把腳挪動了一下，踏在那張藍色的馬票上，這樣他是再也不會找到了。可是他還在那裡找了又找，數了又數，一點也不錯，還少一張！在他激昂地還要繼續找下去的時候，他那氣得要發狂的妻子卻再也忍受不住了。

「拉喬斯！」她忽然專橫地喊了他一聲。

他像聽到號聲的馬一般，突然驚動了一下，但又低頭尋找著。那踏在我腳下的馬票，像在刺痛著我，這玩笑不忍繼續開下去了。我正要抬腳，想不到他已乖乖地回到他妻子身邊，她拉著他便擠到那騷動的人群中去了。

我仍站在原處，一點沒有追隨他們的意思了。對我來說，這事情到此可告結束了。剛才調情的感覺也完全恢復成一向的冷靜。興奮已經過去，除了一點偶然頑皮的滿足和妙計成功的滋味之外，什麼也沒留下。這時，我面前的觀眾越來越多，騷動得也越來越厲害，但我實在厭倦了賽馬，不再想看。我可以回家了，可是這念頭剛要實行，一動腳竟露出了那已經忘懷的藍色馬票來。我把它撿起捏弄著，不知怎麼辦才好。我恍惚地想到應該交還給那位「拉喬斯」，藉此可以結識他的妻子，然而，立刻又想到她在我已不感興趣，她的試探的火焰已經熄滅，我也早恢復了習慣的冷淡，和拉喬斯的妻子做一番眉目傳情已足夠了，想到和那樣傖俗的人分享一個女人實在倒胃口。我已尋夠了開心，對於如此輕鬆的收場是很覺滿意的。

我回到原來的座位上，坐下來點燃起一枝香煙。又成了那種沒精打采的老樣子，對著自己吐出的煙圈在發呆。我想起兩個月前在米蘭參加的大舞會來，也是川流不息的人潮中，我毫無所動地讓那些沒有意義的聲音掠過幽靜的田野。此刻賽馬的熱潮已達到登峰造極的地步，在那黑鴉鴉的人堆上拋起了陽傘、帽子和手帕之類的東西，雜亂的喊叫忽然凝成一致的雀躍歡呼，上千上萬的喉嚨同時在喊著：「柯萊賽！柯萊賽！柯萊賽！」接著又像琴絃斷了似的戛然而止，樂隊開始奏樂，人潮又變成一堆堆地在談著，那得獎的馬的號碼在揭示板上寫出來了，我有意無意地望了一下，是第七號，又本能地低頭望了望我手裡的藍色馬票，那上面也同樣是第七號。

我忍不住了。想不到那位寶貝「拉喬斯」竟中了獎。我偶然的搗亂竟奪取了他的錢財。這時，我那調皮的心思又活躍起來，很想看看我到底使他損失了多少，我第一次對著那馬票仔細查看起來。那是二十元的獨贏，如果賭注多的話將贏不少錢呢。為這好奇心引誘著，我加入到往櫃檯領款的人群中走動。排隊等候不久，便到櫃檯窗口前面，我剛把馬票交出，便由兩隻熟練的手付給了我九張二十元的鈔票。

這時候，錢真正到了手的時候，我忽然笑不出來了。很不舒服地抽回了手，不知怎麼才好，唯恐自己的手會去碰到別人的錢。我實在很想讓那幾張藍鈔票留在櫃檯上，想轉身走掉，但是身後還有急著領錢的人在瞪著我，這除了厭惡地把那鈔票拿起來之外，還有什麼辦法可想呢？可是這些鈔票像藍色火焰似的在灼痛著我的手指，恨不得把它們甩掉才好，我這才忽然意識到自己處境的可恥。玩笑變成可怕的事實，而且發展到和我身分地位很不相稱的嚴重程度，不知把這事叫做什麼才好，那幾張捏在我手裡的票子已不只是錢鈔，而是用欺詐得來的贓物。

我的周圍是一片嘈雜的人聲，因為他們都是到那櫃檯上領到款而又走開去，只有我呆呆地握著那疊鈔票站在那裡不動。應該怎麼辦才好呢？當然第一個念頭是找那真正的得獎人，向他道歉並將錢奉還，但我能這樣做嗎？尤其在那位妻子的軍官朋友面前，這太丟臉了，就算被認為是無意撿到的，那麼領取了別人贏的錢總是不名譽的行為。我第二念頭是想把這鈔票揉成紙團丟了，但在這人群中一定會被誰看見而引起猜疑的。那麼暫時留下這錢，等以後有機會把它施捨給人嗎？我又實在不願意這樣想。從小孩時期，我對於錢財便有劃分清楚的敏感，把這種不明不白的錢拿在手裡，在我就像把一件髒襯衫穿在身上一般。無論如何，我必須趕快設法脫擺這些齷齪的票子。我迷亂不安地向四周圍望了望，想找個不會被發覺的掩藏地方都找不到。只見窗口又有人在排隊了，不過，這次排隊的人手中拿的不是馬票而是鈔票。我的困難可以解決了！機會給我的這些錢，讓它再去碰一次運氣吧。於是我便把它塞進那正貪婪地吞吸紙鈔和硬幣的窗口去，唉，唉，這是再好沒有的發落了。

我急忙穿過人群擠向窗口，這時我前面只還有兩個人，當我忽然想起我連一個馬名字都不知道的時候，那第一個人已經買好走開，只聽見身旁有人說：

「你要買雷維少爾嗎？」

「嗳，是的。」

「你不認為第德更有希望嗎？」

「第德？絕無希望，第德差勁極了。」

我抓住了這句話，第德絕無希望，不會贏的，我決定去買第德。於是我把錢送上去買了那剛知道它名字的一匹馬的獨贏，頭先那些鈔票，現在變成了九張紅白條子的馬票。就是這樣拿著也還是不舒服，但不像那些鈔票那麼燒手了。

我深深地呼吸了一口氣，覺得輕鬆多了。我總算擺脫了那些鈔票，消除了由胡鬧而產生的不愉快結果，這件事可說又回到了玩笑的本來面目。我回到原來的位子上，又燃起一枝香煙，悠閒地吐著煙圈了。可是這安然的氣氛並沒有保持多久，又覺得坐立不安，一種慌張之感又到了我的身上，最初我想這大概是因為怕拉喬斯和他太太發覺，但他們怎麼會夢想到這些新馬票實際上是他們的呢？是人群的騷動打擾了我的情緒嗎？也不對。事實上，我正在注視著看他們是不是要到看臺前面去了。我一次又一次地站起來看那場表示賽馬開始而豎起的旗子，的確有點急不可待的樣子，因為一種等候分曉的熱狂抓住了我，希望這場比賽快點結束我那不大光彩的胡鬧事件。一個拿著賽馬號外的報販走來了，我趕快地過來買了一份，在那充滿術語行話的文字中，總算找到第德的名字和騎師馬主的名字，並且知道了它用的顏色是紅白條子。我為什麼對這些事情會發生興趣呢？生氣地把那報紙握縐拋開，站起來又坐下去，忽然覺得燥熱不堪，臉上有了汗水，領子也覺太緊。比賽怎麼還不開始呢？

鈴聲總算響了！人潮向著看臺的柵欄湧去，我非常煩惱地發覺這鈴聲給我的刺激就像被鬧鐘吵醒的滋味一般。我慌忙站起來，把椅子都帶倒了。手裡緊緊握著馬票也跑向那人群中去，好像唯恐去得太遲會錯過一件非常重大的要緊事似的。拼命地向前擠著，到了柵欄那裡趕快搶了一張椅子，而那椅子剛好有一位我認識的太太要坐下去，對於我的無禮搶佔表示著驚訝和憤怒。但我為了羞愧和反抗，竟裝作沒看見，不去理她，坐下便對著馬場望起來。

在馬場遠遠的那一頭，可以望見一些急躁不安的馬，被伏在背上像傀儡般的騎師們竭力控制著，使它們排成一列。我用力望去，想認出我想像中的顏色來，可惜我的眼力太缺乏訓練只覺得眼花撩亂，再也看不出哪個是紅白條子的。鈴聲又響了一遍，忽然像七枝箭從一張弓上射出似的，那些馬順著跑道在奔馳了。

如果以純粹審美的趣味去默想那是不動的，或者看得出那些在馳騁的瘦長的跑馬是像鳥一樣自由地飛著，那一定是很奇妙的景象。但是我對這些都沒注意到，唯一想著的就是要找出我的馬和騎師，可恨我沒帶望遠鏡來，雖然盡力去望，而所能看到的僅像是一群飛著的五顏六色的昆蟲。最後這一大群的隊形開始變化，在轉彎的地方變成一個楔形，而最前面有一兩匹馬的尾巴離開了那楔形的隊。這場比賽正在激烈競爭著，有三匹馬的胸脯和頸子超出在前面。我看了不自覺地竭力挺高著身子，好像由於這種模仿的熱情的關心就能增加它們跑的速度似的。

環繞在我周圍的那種興奮又升起來了。那些常來看賽馬的人，一定是在轉彎處就認出那些顏色標記，因為有些馬的名字已開始從那些混亂的叫聲中分辨得出了。在我旁邊的一位看客興奮地扭著雙手，這時有一匹馬衝在前面一點，這個人便跳躍著用一種沙啞的勝利的聲音大叫著：

「雷維少爾！雷維少爾！」

那領頭的騎師穿的衣服是藍的，我非常生氣我賭的那匹馬沒跑在前面。我身邊那人喊「雷維少爾！雷維少爾！」的聲音，使我愈來愈討厭，簡直激怒得想一拳向著他那張開的嘴裡打去，一次又一次地覺得要做出無禮的舉動。但另外還有一匹馬緊跟著牠，也許那就是「第德」呢！也許，也許——這種希望又使我重新產生出熱忱，看著那騎師有節奏地揮動著的胳膊，我想像著那袖子是紅的。可能是紅的，一定是紅的！為什麼那傢伙不更用力地抽他的軟鞭呢？他的馬幾乎超過了那帶頭的馬，超過了半個頭！為什麼喊「雷維少爾」？不，不是雷維少爾！不是雷維少爾！第德，第德！跑呀！第德！

我突然醒轉過來，誰在喊「第德！第德！」是我在喊，是我在發狂，我對自己感到驚訝，想竭力保持我的自制力。有一會兒，羞恥心蓋過了我的興奮，但我仍不能把眼睛移開，因為那兩匹馬仍在並著頸子在跑，有一匹稍微衝前一點，那一定是「第德」超過了可惡的「雷維少爾」。我在盡力詛咒著「雷維少爾」的時候，到處起了一陣陣喊「第德！第德」的吼聲，我在短暫的清醒後，又被這喧嚷感染了。第德一定會贏！一定會贏！現在千真萬確的，他領先一指了，然後兩指，然後一頭和一頸。就在這時，鈴響了，四處爆發起一陣歡呼，還有失望和憤怒的叫聲，有一陣子那被渴望聽到的名字幾乎充滿了天空。狂吼過後，音樂的旋律從不知道的地方傳出來了。

我很熱，汗一直往下滴，從椅子上站起來的時候，太陽穴跳得很厲害，我必須再坐一會兒，使頭腦冷靜一下。這時有一種從未經驗過的恍惚神情佔有了我，我感到一種答覆了命運挑戰的愚蠢的欣喜。我竭力想說服自己相信我並沒有希望那匹馬跑贏，我唯一的動機只是想丟掉那些錢，但是徒然無益。我根本不想承認自己的辨白，並且感到要壓服那辨白的衝動，我在受著另一方面的吸引，我知道是這衝動引導我走向那個地方。我要看我勝利的具體結果，我要那真正的錢，摸弄著那藍色的鈔票，使它們在我手指上作響，一種奇異邪惡的欲念佔有了我，不再有何羞恥的感覺阻止我對它屈服。我急忙走到領錢的地方，毫無禮貌地擠在窗口外等著的人堆中，為了急欲拿到那錢，不耐煩地用肘把別人推開。被我推開的人中有一個正罵著「混帳！」

我聽到了，但那等不及的狂熱使我假裝沒聽到，最後我終於到了窗口，我的手指貪婪地握著一大把藍色票子。我狂喜地數了一遍，是六百四十克朗。我抓起票子離開了窗口。

我第一個念頭就是要把贏來的錢再去下賭注來大大地增加它們的數目。我那張號外在哪裡呢？呵，該死，我把它丟了！我向四處張望，希望再買一份，但在我恍惚驚慌中，只見人們像流水似的湧向出口，付錢的窗子關了，旗子也收了，原來今天的賽程已經完結。我呆立了一兩秒鐘心中忽然洶湧起一種憤恨不平的怒氣來，因為我剛有了多年未有的好興致，想痛快玩一下，怎麼竟收場了呢！但我無法不承認這無情的事實，人越來越少，那廣大的馬場上只還有幾個人在閒蕩，漸漸意識到自己期待的可笑，我也向著出口走出去了。一個奉迎的侍者走上來，我把我那馬車的號碼告訴了他，他用兩手做成傳話筒大叫著，車夫從那擁擠的停車處把車趕過來，我吩咐慢慢地趕到大路上。這時我的興奮已經消退，代之而起的是一種說不出的疲倦，我要把一切的情景在腦中重映一下。

這時候，另一輛馬車從旁邊馳過，我無意地望了一眼立刻把視線移開，因為那裡面坐的正是那個女人和她的丈夫。他們沒看到我，但是我一眼看到他們便立刻感到一種窒息的壓迫，好像我被發現似的，使我非常窘迫不安。

有橡皮輪的車子靜悄悄地在車馬行列中走著，女人們穿著五顏六色的衣服，使這些車子看起來好像是裝滿了花的船，航行在兩岸有栗樹綠蔭的運河裡，空氣是那麼芳香，夜晚將臨的清涼氣息開始飄蕩過來，但我的愉快沉思卻不再來了，看了那被我騙了的男人以後，我被困擾了。它在我的熱狂上澆了一杯冷水，在清醒的意識下，我重溫了一遍那奇異的插曲，發覺自己也不能了解為什麼那樣做。我是一位官員、一位紳士，怎麼竟做出這種事來？並沒有受到任何壓力，我竟擅取了別人的錢財，而且繼續做出了不可寬恕的舉動。在一小時前，我還是一位循規蹈矩的君子，現在竟變成一個賊。好像要恐嚇自己似的，我隨著馬蹄的節奏，喃喃地宣判著：

「賊！賊！賊！」

我將怎樣形容這落到我身上的奇遇呢？它是那麼費解、那麼可驚，不過我確信我的記憶毫無錯誤。在這短暫的時刻內，那每一個思想、每一個感覺都清清楚楚地回到我的腦海中，比我這三十五年中所遭遇的任何事情都來得清楚。然而我真有點不敢把它用黑字記錄在白紙上，也許有想像力豐富的作家或是心理學家能把它順情理的加以描述，而我所能做的卻僅是忠實地寫出那些連續過程罷了。

我喃喃地對自己喊著：「賊！賊！賊！」喊完之後，接著一陣奇異的沉默，在一種難以解說的思想真空狀態中，我在心內傾聽著。我已經控告了自己，現在是聽取答辯的時候了。我在傾聽著，但什麼也沒聽到，我以為那一個賊字會像鞭子的響聲似的嚇到我，使我感到羞恥的，但一點反應也沒有，我忍耐著等了幾秒鐘，等待著那應有的羞愧、屈辱、絕望的喊叫，但是沒有！什麼也沒有！我又重複了一次「賊！賊！賊！」這次的聲音提得相當高，希望能喚醒我那聽覺失靈的良心，然而還是沒有反應，這時我才恍然大悟，我只是強迫自己去羞愧，而實際上是一點也不覺可恥，甚至在我那感情的秘密角落裡，正因為那狂妄行為而暗自得意著。

這怎麼會呢？現在，我對於自己覺得害怕起來，我想避開那突來的發現，但我剛才所敘述的感覺又是無可推賴的，我的心中沒有羞恥、沒有屈辱、沒有痛悔，流過全身的那種強烈感覺是狂喜和陶醉，因為在這麼多年頹廢的生活中只有那幾分鐘才又感到生命的活躍，我非常欣喜地知道我的情感僅是麻痺了而並沒有死去。在我那平板冷漠的表面下，仍然澎湃著火山似的熱情，而且今天下午在偶然的機運魔杖觸動下，這火山竟爆發了。原來在我的生活宇宙中，也有著那因接連不斷的欲望而產生的神祕以及真實的生命火花。原來我還在活著，還是一個有著邪惡和強烈欲望的人。這種熱狂的風暴已經用力地衝開一扇門，在我的身上裂開一條深淵，我有點暈眩地望下去，感到恐懼而又驚喜，車子載著我恍惚的身體在那些可敬的人群中慢慢地向前走著的時候，我的心靈卻一步步地向那內在的人性深處走下去，在那無聲的降落中是說不出的孤寂，一路給我照明的是那剛燃起的意識火把的光亮。周圍無數的人在歡笑言談的時候，我卻在自己心內尋找那失蹤已久的人性，並且重溫那失去的日子。一些埋葬已久的記憶衝出了塵封的心扉，我記起來了，從前在學校裡，有一次我偷了別的孩子的小刀，看到他到處尋找並問別人看見沒有的時候，我也曾感到過像今天下午所感到的這種頑皮快樂所引起的興奮。現在我才明白了我還是有活力有熱情的，雖然曾被社會禮儀和階級觀念所壓抑，但並未完全被扼殺，在我心靈的深處也正像別人一樣有著生命的熱情激流。這些年來我在活著，但並不敢去生活，我給自己戴枷鎖，我把自己盡量遮藏，現在那受壓制的力量終於掙脫了一切，把我帶到生活的洪流中。枯樹竟又萌芽而生出花苞來。

在一輛從旁經過的車子上，有人向我打招呼，我一時沒看見，他喊出我的名字，才把我從深沉的幻想中驚醒，看了那位老朋友一眼之後，我又回到現實了。那是我在學校時便很要好的朋友阿弗司，他現在是位檢查官。一看見他我立刻便想，「這位和你這樣親熱打招呼的人，如果知道了你所做的事，他就要把你抓起來，使你和舒適的生活脫離，讓你在監牢裡過下賤的生活，和那些受鞭打的賊在一起。」

但這只是一陣子的不安，轉念之間又變成一種狂熱的感覺、一種狂妄的驕傲，使我對那車上的人暗暗斥責著：「要是你知道我做了什麼事，你那友誼的微笑一定會立刻消逝，不屑再與我為伍的，可是我早已不在乎這個了，今天下午我脫離了你們那冷酷呆板的世界，投入一個未知的深淵，雖是尚無所知，但在這投入的剎那間已經感到生命的充實活躍，比在你們那圈子裡所過的空虛日子好多了。我已經不再屬於你們，不再是你們中間的一分子，我也許上進、也許墮落，但永遠不再貪圖那庸俗的舒服生活，因為我第一次嘗到了人在為善或作惡時的狂歡滋味，這是你永遠無法了解的。」

我真不知怎樣來形容我坐在車上向前走著的感覺，雖然在外表上我還是個時髦的上流人物，不斷地向同階層的人點頭招呼著，而內心卻湧起那麼令人陶醉的音樂，如果不是竭力按捺，我簡直要歡喜得大叫起來。好像一個迫切需要空氣的人似的，我把手壓在心上，感覺到它在痛苦地跳動。痛苦、快樂、恐慌、厭惡以及關心，並不是孤立的感情，而是混在一起難以分清的，我所能切實感覺到的就是我在生活著，這是過去三十五年中從來沒有過的。

車夫勒住馬，車子突然停下來，他回頭問我是不是要回家。我從幻想中醒來，上下地注視著那條巷子，很驚訝地發覺自己已做了很久的夢。黑夜已經降臨，樹梢在微風中呼嘯，清涼的空氣中帶著栗子花的芳香，銀色的月亮可以從樹葉縫裡瞥見。不能回家去，不能再回到一向的生活中。我付了車錢，下了車。當我給他錢的時候，和那些錢接觸的我的手臂，好像通過一陣電流似的震動了，這裡還保存著感覺羞恥的本來的我，我那將死去的上流人的意識仍然存在著，但在儘管碰觸到那錢的不舒服並未減輕，我卻在任意亂用了。車夫那麼謝了謝，我微笑著在想，「要是你知道這錢的來源呀！」他趕著馬車走了，我注視著那車子的後影，就像一個站在甲板上的航海者回視著他曾在那裡生活過的向後退去的陸地。

我站在那兒沉思了一會兒，便向著沙奇花園慢慢踱去，那是我常去吃晚飯的地方，所以車夫自動地把我載到這裡來了，但是我的手放到這個時髦的露天花園的門鈴上的時候，忽然起了一種反抗的衝動，我不要又回到那熟悉的世界中，和那些同階級的人們的懶散的閒談會逐散我那美妙神奇的激動，會把我從今天下午漫遊的奇境中拖出去。

很遠的地方傳來了片段的音樂，那瘋狂的旋律誘惑了我，不自覺地尋聲而去，終於我混進一個激動的人群中，在灰塵、煙霧、汗氣的混合氣味中同他們一樣的激動著。直到昨天，我還認為是粗俗卑下而竭力避開的事物，現在竟成了我強烈欲望的目標，好像第一次發現了我興趣的所在。在這城裡的貧民區中，在一些兵士、女僕、流氓之間，我感到無比的自在，狂喜地呼吸著這種新空氣並且帶著快樂的好奇心，等著看我的漂浮會把我帶到哪裡去。我走進那遊樂場的時候，黃銅樂器的聲音更來得大了，它們和管絃樂演奏出粗糙的波卡舞曲及瘋狂的華爾滋，還有那從小店裡傳出的奇異的鬧聲、粗魯的笑以及醉酒的呼喊。穿過那些樹葉，我看到那在燈火照耀中旋轉的玩具。我坐下來在喧囂雜沓中喝著酒，這些鬧聲和雜音使我愉快而又平靜。我看到那些在自動鐵軌上的女孩子的裙子被風吹起，聽到車箱低落時她們發出的陣陣尖聲喊叫。有屠夫們的孩子笑喊著在拉「測力機」，有接客的侍者站在小店的門口做著滑稽的姿勢招徠生意，這一切是那麼溫暖、熱鬧而且活躍。現在我已經醒來，我可以進入這些人們中間分享這大城市中最強烈的熱情，這種星期日的狂喜享受，雖然有點粗野，卻是非常健康的，一經接觸，他們的熱狂和騷動像立刻傳到了我的身上。在這以前，也許是因為我從未和廣大的人群接觸，我從來不曾有過這種為別人的歡樂而歡樂的經驗，現在柵欄拆除了，我個人的生活溶進了廣闊世界的生活洪流中。我心裡最強烈的欲望就是和那無數歡樂的人合而為一，和他們同喊同笑，成為他們中間的一分子，不再孤獨地生活在個別的小天地裡。

我很明白地感覺出我是陶醉了。這時我唯一的意念就是要說話，要破除這幾小時來的沉默，我從不曾這樣渴望過和人交往，我在這洶湧的人群之中，卻又不屬於他們，就像面對汪洋大海而口渴得要死，我那孤獨的痛苦越來越增加了。我望見他們那些本來也不相識的人，像水銀一般很自然地一會兒聚攏一會兒分開，有些年輕人很快地便找到了女伴，手挽手地走了，就是中年人因為偶然的相望或一言半語的搭訕也很容易地交談起來，雖然不一會兒他們也許就要分開，但在這頃刻之間，他們都是合為一個群體，在做著思想和感情的交流，正是我的靈魂深處所渴望和羨慕的。

我呢，我本是一位最高級社會中的名流，一向被認為多才多藝而又健談的人物，但是我此刻在這裡變得侷促不安，連招呼一個女侍都覺不敢。別人看我的時候，我不由得要垂下眼皮，雖然心裡渴望和人交談，而舉動卻和欲望背道而馳。我簡直不知道自己在想什麼，只有一件事我必須承認，就是再也不願忍受孤獨。但是所有的人都漠然地從我身邊走過，沒有一個人和我招呼。後來，一個小孩子走近了我，他大約有十二歲，穿著破爛的衣服，當他渴望地注視著那些旋轉的木馬時，眼裡射出像燈火一般的光芒，由於沒有錢去騎，他只好滿足於其次的享受，張著嘴站在那裡欣賞其他幸運兒的歡樂的笑喊。我勉強自己向著他走去，並且聲音有點發抖地問：

「你要不要也騎一下？」

他注視著我，害怕地紅了臉，一言不發地走開了。這是怎麼回事？為什麼連一個赤腳的小孩子都不肯從我這裡接受一點歡樂呢？一定是我有什麼與眾不同的可憎之處，否則將怎樣解釋我不能入群的原因呢？為什麼我在這人群中像一滴油浮在水面似的格格不入呢？

但我不能就此撤退，我再也不能忍受那孤獨。我的腳在那滿是灰塵的皮鞋裡發燒，喉嚨也在發乾，我從人縫中向左右張望著，看見一些鋪著紅桌布的桌子，有些商人坐在那桌子周圍的木凳上喝酒吸煙。那是喧囂中比較安靜的地帶，於是我也走向其中一個有空位的桌子，那裡已經坐了五個人，一個肥胖的工人和他的太太，兩個女孩、一個男孩，他們的頭隨著音樂在點動，同時互相在說笑，那笑臉望上去非常好看。我舉了我的帽子，扶著那椅背，問他們可以讓我來共坐嗎？立刻他們的笑容消逝，並且一時說不出話，好像彼此都在等對方先開口作答，結果還是那母親吶吶地說了聲「請便」。

我坐下了。但明顯地覺出我的到來使他們拘束不安，桌上忽然變成一片死寂，我的眼睛盯著那桌布上的紅方格和亂撒在上面的胡椒末和鹽粒，再也抬不起頭來，但我感覺出他們都在偷偷地打量我，這使我忽然想起我的儀表和這種遊樂場所太不相稱了。我那剖裁出色的服裝、那高高的禮帽、那灰領帶上的珍珠夾、那奢侈的香水味道，這種種都足以在我和我同桌的之間挖一條鴻溝，使他們迷亂憎恨地打量著我。這五個人的沉默使我更不敢抬起眼來，於是絕望地坐在那裡反覆地數著桌布上的那些紅方格。謝天謝地，侍者總算端來了啤酒為我打破這僵局。我在喝酒的當兒也偷偷地去看我身邊的人們。果然，我成了他們的視線的集中點，他們臉上的表情雖然不是明顯的憎惡，但總有著敬而遠之的意味。他們知道我是闖入者，感覺出我到這裡是在尋找什麼新奇的東西，絕不是為了那音樂、那啤酒、那休息日子的遊樂，他們不能確實了解我的用意所在，因而不免猜疑不安，就像剛才那孩子不肯接受我出錢請他騎木馬一樣，這些經常來尋歡作樂的老顧客也都在歧視我的特殊的外表、態度和語調。但是我覺得如果我能親切真誠地開始一個話題，那位父親和母親一定會回答我，孩子們也定會吃吃笑著表示讚許的，並且我也應該帶著那小男孩到一個打槍的廊下去或是別的能使他高興的遊戲場所去。在五分鐘或十分鐘之內，我應該盡量解放自己，呼吸一下坦白交談的空氣，應該像個有人緣的熟人似的被招待著，但是我要說的卻尋找不到，一種不應有的羞慚把我緊壓著，使我坐在這些非常單純的人們中間，竟自覺是罪人似的有一副自卑的表情。我這種不受歡迎的出現破壞他們星期日最後一小時的享受，使我很覺痛苦，在這可怕的沉默中，我償付了這些年來由於不經心的傲慢而造成的罪過。我曾經走過幾千張這樣的桌子和數萬億的手足同胞而沒有瞧過他們一眼，只關心著自己那時髦的小圈子內的成敗得失，現在想走上和他們暢談的途徑，不用說這路途是早被高牆遮斷了。

我這個本來是自由自在的人，現在竟卑怯地坐在那裡低頭數桌布上的方格，一直數到侍者又走過來的時候才站起身來，留下大部分沒喝完的啤酒，對他們客氣地說了再見，他們的回答也很友善，但仍帶著驚奇。不用去看，我就知道我這陌生的人一走開，他們的談話又開始了。

我怎麼敘述和解釋我這看來像是癡癲的舉動呢？我是一個有教養的人，富有而又獨立，處在首都的最上層社會之內，而這晚上我竟在這旋轉機前站了整整一個鐘頭，聽了二十遍、四十遍、一百遍同一支華爾滋和波卡舞曲，看著那些塗著油漆的呆板木馬轉來轉去，心裡只在期待著命運的突變，人像生了根似的站在那裡。我知道這是很可笑，但這一小時的痛苦是一種贖罪，贖的不是那偷竊罪，而是以前空洞麻木生活的罪。我對自己發誓說除非有現象證明命運已把我解放，我絕不離開那裡。

一小時過去後，尋歡作樂的玩意漸漸地終止了。那些小屋子裡的燈光，一間又一間地熄了。於是黑暗像潮水似的湧來，我的這個光明小島越來越孤立了，吃驚地望了望錶，那些色彩鮮明的木馬再過一刻鐘將停止旋轉，它們額上的紅綠小電燈就要熄滅，吼叫的音樂也要收場了。那時我將處在完全黑暗之中，在這沉寂荒涼的夜晚獨自徘徊。我望過那黑的廣場，越來越覺不妥了，因為那上面只偶然地有一兩對急著回家的人匆匆穿過。不過對面的陰暗處卻正潛伏著一種活動，每逢一位男人走過，那黑暗中就發出低低的邀請，如果聽到的人回頭望一下，就立刻有女人的聲音說得更清楚了，同時隨風吹來女人的笑聲。這些躲藏者的膽子一點一點地變大，後來竟開始侵入光亮的方場上，不過只要在光亮所及的地方出現一個警察的帽影，她們就立刻縮回不見了，等巡查過去後又偷偷出來。當她們完全走到亮地裡的時候，我才看清楚了，原來是那種屬於生活煩忙的人潮中的最後渣滓。並且是其中最下等的，連一個可以帶客人回去的家都沒有，只能在黑暗的角落出售她們的肉體。她們被警察追逐著、被饑餓驅使著、被惡棍壓迫著，無休無止地出出沒沒來尋找獵物。就像饑餓的獵犬一般，東張西望地向這方場上所有的遲歸的男人進攻著，希望能遇到肯出一個兩個克郎來滿足性欲的主顧。這點錢可以讓她買一杯熱飲一點食物來維持生命，維持到那生命的火焰在醫院或監獄中熄滅為止。

這是這個星期天尋歡作樂的人群所遺留的最後的渣滓。我以無限恐怖的心情注視著那像狐狸樣子的從幽暗中潛行出來的人影。可是就在這恐怖之中，仍然有種本能的驚喜，因為在這污暗的鏡中，我看到了曾被遺忘的往事痕跡。記起當青春期的時候，我的視線怎樣又怕又愛地落到這種女人身上；怎樣初次隨著她走上那又暗又破的樓梯。突然之間，像被閃光一照似的，多少令人感覺憎惡悽慘的景象，都歷歷如繪地呈現出，我明白了為什麼自己從心裡對這些遭受唾棄的人有著激動的同情，而且這天下午我的犯罪行為和這些饑餓的劫掠者是多麼的相似，那裝著偷來的鈔票的皮夾在貼近胸中的地方像燃燒似的使我痛楚。我想起在對面的黑暗陰影中，正有些會說話會呼吸的人在向別人有所乞求，也許就是向我這為了渴望結識同類正預備施捨的人。

我依在一根柱子上向那空場子望著，對面就是我剛才所說的那些探頭探腦的人影。我們彼此都在期待著，只是被那方場隔離了。最後其中有一個看見了我，終於大膽地向我走來。那是一個沒戴帽子的病弱的小女人，穿著舊衣攤上買的不合身的衣服，平底的跳舞鞋子。她走到我身邊站下來，引誘地笑了笑，露出滿嘴的壞牙齒。我幾乎透不過氣來，竭力想不看她，但視線又挪不開，像被催眠了似的在想著現在有一個人向我求愛，只要說一句話或做一個表情，我剛才那種被人摒絕的孤獨滋味就立刻可以解除了。但是我說不出話也做不出表情，像木頭人似的站在那裡，只在心裡感受著和人靠近的喜悅，甚至閉了一會兒眼去享受那誘請。

這時木馬的旋轉已完全停止，最後的一支樂曲也演奏完了，周圍成了一片靜寂。我睜開眼來，看見那女人已回頭要走了。顯然她是對於引誘一個木偶感到厭倦了。可是我卻大吃一驚，有點寒顫。在這可愛的夜晚，唯一肯走上前來親近我的人，怎麼又讓她離去呢？

突然地——我將怎樣形容我心中的激動呢？突然地我非常渴望著那污穢的小女人能再回頭望一下，讓我對她說句話。我並不是為了矜持而不肯跟上去（**我的自尊**

早已委之塵土，由另一種新情感代替了它），而只是太激動了，呆立在那裡靜待著她再給我一次邀請。

她果然回頭了。她機械地從肩頭上望了我一下，大概我眼中的驚喜被她看出了，她停下來注視著我，然後點頭招呼著，又向那方場暗處指點著。終於，那緊緊包圍著我的可怕的殼打開了，我開始可以活動，表示同意地點了點頭。

契約簽定了，她在幽暗的光下穿越著那方場，一面走一面不停地回頭看我是否跟隨著。她走到一條兩旁有柵欄的小巷裡停止了腳，我這時也追上了。

她猜疑地把我上下打量著，我有些地方很使她困惑，那就是我的膽怯和我的樣子與她發現我的那地點的不調和。但經過一會兒的遲疑，她便指了指那漆黑的小巷盡頭，說：

「讓我們到那邊去，那馬戲場後面一點光亮都沒有。」

我回答不出話來，這可怕的遭遇把我嚇啞了。這時照說我應該以一兩個克郎或找一個藉口來買回我的自由的，但我的意志對於我的舉動已不發生作用。我當時的感覺就像一個人坐在手撬上沿著一條很陡的彎道飛快地滑下去，雖然驚怖，但其中也夾雜著歡喜，因而並不想設法來停住了。我就是這樣，並不打算臨崖勒馬，甚至連那念頭都不再有了。她靠過來的時候，我不知不覺地握住了她的胳膊。隔著衣袖我感覺到那是多麼瘦細，不像女人的胳膊而竟像是一個發育不良的孩子的，對於這被踐踏的卑賤的同類，我不勝憐憫著。

我們穿過那幽暗的小巷，走進一個漆黑的小樹林裡。我忽然注意到她不時半轉身地向後望著。雖說在這卑污的冒險中，我有點失魂落魄的樣子，但意識還是非常清醒，我發覺有人在尾隨，並且聽到了那潛行的腳步聲。這情形我一下子便明白了，原來是要把我帶到一個偏僻地方，由這女人和她的惡棍任意擺布。這時一種生死關頭自然產生的急智，使我考慮著應採取的步驟。我要逃的話還是來得及的，因為離大街還不太遠，電車行駛聲還可以聽到，只要喊一聲或吹一下哨子就會叫來救兵，於是我在心裡想著逃脫或求救的方法。

但是，奇怪極了，這危險的處境不但不能使我冷靜，反而引起了我的熱狂，直到今天我還很難找出這荒唐可笑的行為的動機，我明知是要落入圈套，但這預感很有刺激性，我明知等待著我的是件可憎惡的事，甚至也許是有性命之憂的危險，但在當時陶醉的氣氛中，就是死的威脅也施展著邪惡的誘惑。究竟是什麼驅使著我繼續向前走呢？我是羞於投降還是由於怯弱？我想這毋寧說主要的感情是渴望著要嘗嘗生活糟粕的滋味，和那把生命來孤注一擲的緊張。因此，我完全明白自己冒著怎樣的危險，還是和那並無誘惑力的女人手挽手地向著樹林裡面走去。就算結局是死亡吧，我也要把在馬場上開始的罪惡的戲演下去，演完為止。

向前走了幾步之後，她向後望了望，然後向我詢問著：

「喂，你要出多少錢呢？」

呵，對了，我竟忘了這一點。但她的問題不能使我清醒，離清醒還遠得很，對於能放蕩地給錢是多麼高興呢！我掏著口袋，把裡面所有的銀幣和兩三張破鈔票都掏出來，塞到那女人伸出的手裡。這時忽然發生一件使我以後每逢想起便感到人情溫暖的事情，不知是那女人驚訝我的慷慨，還是覺得我那放蕩表情有點特別，總之，她不自覺地向後退了幾步，並且那邪惡的眼裡忽然露出驚疑的光定定地望著我。終於我得到了這一晚所尋求的東西，有人和我發生了親切的關係，在這世界上我第一次感到自己是真正活在別人心中，一個向來在暗地裡出賣肉體連顧客的面孔都不望一下的卑賤的女子，現在竟驚疑地注視著在猜想我是怎樣的一種人。她向我靠近了點，但絕不是實行交易的神氣，我相信那是由於一種不自覺的感激之情和女性渴望愛撫的需要，使她有了活躍的生氣。我又握了一下她那瘦細的手臂，感到她周身在微顫著。這時我在心裡描繪著她的身世和現狀：她怎樣在貧民窟中的骯髒住處裡，在從早到晚孩子吵鬧裡，補充那最低限度的睡眠；怎樣被那些吃軟飯的惡棍毆打；怎樣被那些經常是醉漢的客人們折磨；怎樣最後被關到醫院或是救濟院裡結束她的一生。無限同情地我站下來，使她大吃一驚地吻著她。

這時我身後忽然響起一陣窸窣，接著一陣大笑，一個男人的聲音說：

「到底叫我捉住了，我知道一定會的。」

我不用去看就知道這是些什麼人，因為我並未忘記有人在盯梢，這是早已想到的一幕。人影一前一後地顯露出來，兩個面孔猙獰的男人，咯咯笑著說：「在公共場所幹有傷風化的勾當，紳士也一樣不可以，跟我們走吧。」

我一動也不動地站在那裡，脈膊有點跳，但並不是驚慌，只是等待著下一步是什麼花樣。現在我真正到了冒險的途中，我所期待的高潮也總會到來的。

那女人已離開我，但並未站到他們那邊去，而是站在我們中間，顯然對於她自己必須扮演的角色並非情願。那兩個惡棍被我滿不在乎的樣子弄得有點狼狽起來，他們困惑地互相望了望，很納悶我為什麼不著急也不求饒。最後其中一個大聲威嚇著說：

「嘿，沒話說了吧！」

另外一個走上來，命令著說：

「跟我們到局裡去！」

我仍然不作聲，那貼近的一個便碰了碰我的肩頭，給了我輕輕的一推，說：

「走！」

我毫不抵抗地照他的話做著。當然我非常清楚他們是比我更怕警察的，我現在只要拿出幾個克郎來就可無事了。但是我要嘗嘗所有害怕滋味，我慢慢地機械地向他們指點的方向走著。

我這種忍耐和服從卻使那捉弄我的人受不住了。

「噓！噓！」他們在交換著信號，然後其中一個故弄玄虛地說：

「還是把這傢伙放了吧。」

另外一個接腔說：

「不行，不行，不能那樣做。如果他是像我們一樣的窮得沒有一點油水的人，他們會緊緊地把他鎖起來。反正我們不能把這滿像樣的紳士白白放了。」

從這些話和語氣裡暗示著我應該向他們講條件了。我知道他們要恐嚇我，而我的順從正使他們感到威脅。我們互相在暗鬥著。這是多麼夠味呵！在一個骯髒的樹林裡，被兩個流氓一個賣淫婦糾纏著。十二小時之內，我竟又嘗試著魔術般的驚險刺激，但這次的賭注比馬場中的更大，因為這賭的是生命。我對這新鮮玩意是完全入迷了，只等著那骰子的一擲。

「呵，那邊有個巡警，」其中一個說，「我們的紳士要去享受一番了，他們至少會關他一星期的。」

這話是來嚇我的，但我聽得出他說這話時那口氣的軟弱。我堅定地向那有燈光的地方走著，事實上我也看到警察帽子的閃耀了，再走二十步，我們就可達他們那裡。跟在我身後的人無話可說了，他們已經預備撤退，退回到那黑暗的林子裡去，他們將自認倒楣地溜回自己的世界，向那可憐的女人去洩憤。這場戲就算完了，今天一天之中，我又將做一次勝利者。剛要走進那路燈所照的光圈裡面的時候，我轉回身去，第一次向那兩個流氓的臉注視著，他們的眼裡正交織著窘困和羞憤。他們虛張聲勢地站在那裡，而實際上是預備著逃走，他們已經技窮，局面完全改變了，輪到他們怕我了。

但是在這當兒，忽然有一種強烈的同情，一種對那兩個流氓的同胞愛克服了我。實在說，這兩個男人和一個女人想向我敲詐的是什麼呢？不過是微不足道的兩三個克郎。剛才在那林子裡，他們很可以把我扼斃、把我搶光殺死，但是他們什麼也沒做，僅僅是用拙笨的方法恐嚇著我掏一點錢出來，而我這個由於異想天開曾做過賊又為了尋找刺激曾犯過罪的人，怎麼竟敢作弄著這兩個可憐蟲使他們痛苦呢？現在是輪到我來羞愧了，因為我竟拿別人的害怕來開心。在這可以逃出他們的圈套的最後一刻，我應該做的事不是維護自己的安全，而是解除他們眼中顯露出的失望。

用一種突然轉變的姿態，我走向其中一人的面前，裝出著急的樣子，說：

「為什麼要把我交給警察？那對你們有什麼好處？我也許會被關幾天，也許不會，可是關不關和你們有什麼關係？為什麼要關我？」

他們失望困惑地注視著我。因為他們所準備應付的是那將使他們像狗一般乞憐的恐嚇和告發，對於我這突然而來的最後屈服竟慌張失措起來。停了一會兒，其中一個才像自言自語在解釋似的說：

「風化總要維持，我們不過是執行任務。」

很明顯的這是早就準備好的老調子，但說得少氣無力，兩個人誰也不望我，只在等待著，我知道他們等待著的是什麼。

我至今還清楚記得當時的情景和自己的心情。那是由於一種人性的惡毒，我故意假癡假呆，想多看一點那種失望的樣子，但理性也使我覺得應該讓他們不要著急了，於是我趕快扮演了一幕小小的驚喜劇，向他們懇求著不要報警。那兩個流氓的表情非常尷尬，我又趕快打破著我們之間的沉默，說：

「我情願……我情願給你們一百個克朗。」

他們三個人都驚動了一下，互相望了望。在自認倒楣要放棄敲詐的時候，誰也沒敢指望這個大數目。但停了一會兒，有一個眨了眨眼，稍為鼓起了勇氣，但仍然面有慚色很費力地說出一句話來：

「出兩百吧，先生。」

「住嘴！」那女人忽然插進來說，「他隨便給點，你都該滿意的，他根本碰都沒碰過我一下，實在說一百已經太多了。」

她的氣憤不平使我暗暗驚喜著，因為竟有人在同情我，為我辯護，可見在一些壞蛋之中也潛伏有正義感的。這對於我好像一副清涼劑，我不能再戲弄他們，使他們為恐懼和羞恥而痛苦了。

「好吧，」我說，「就兩百。」

他們沒作聲。我取出皮夾慢慢打開來。這時他們如果要從我手中搶走皮夾是很容易的，但他們都把眼睛望著別處，好像我們之間已有默契，不要爭鬥，而互相了解信任著。我把那應該屬於別人的鈔票拿出兩張，交給靠近我的那一個。

「謝謝你，先生。」他來不及的說著，連忙轉身走開。

很顯然地他對於自己的舉動感同羞愧，而我呢，是因他的羞愧覺得不安。我不願意他在面前有所不安，因我也正是和他一類的人，完全同他一樣的一個賊，他的自覺卑下使我很不舒服，我要恢復他的自尊，因此拒絕著他的道謝。

我走到大街上時，看見停車場附近坐著一個老婦人——一個小販，疲倦不堪地彎腰守望著她的攤子，那攤子上擺的只是些有灰塵的餅乾和幾個不新鮮的水果。為了掙幾便士的錢，無疑地她是從早到晚坐在這裡的。「為什麼你不能像我一樣的尋點快樂呢？」我這樣想著去拿起一塊餅乾，遞給她一張鈔票，她要找錢的時候，我搖搖手走開了，她驚喜得發著抖，開始道謝不已。我不加理會地走到一匹立在那裡休息的馬前面，把餅乾塞進牠的嘴裡，牠表示親善的向我呼著氣，好像牠也要說「謝謝」似的。於是我更滿心渴望著多散布一點快樂，多認識一下用幾個銀幣幾張鈔票可以製造多少快樂。為什麼附近沒有乞丐？喜歡汽球的孩子們到哪裡去了？那邊有個白髮老頭正拿著一大把未賣完的汽球蹣跚地走回家去，無疑地他今天的生意很不好。我走上去說：

「把這些汽球都賣給我吧。」

「一便士一個。」他疑訝地說著，因為他不能相信在這半夜三更，一位衣冠楚楚的遊蕩者會來買汽球。

「我要全買。」我說著給了他一張十克郎的鈔票。

他簡直吃驚得呆住了，愣了一下才把那繩子栓著的汽球交給我，我的手立刻感到了它們那要掙脫的力量，原來它們也渴望著自由、渴望著飛上天去。為什麼不讓它們隨心所欲呢？於是我把繩子解開，它們像一些著色的大月亮似的冉冉上升著。人們從四面八方笑著跑來爭看，連幾對情侶也走出了隱蔽的地方，車夫們也握動著馬鞭互相指點著叫喊，所有的視線都集中於那些在樹梢屋頂飄蕩的汽球上，每個人都為我玩的把戲在歡笑著。

我為什麼竟一向不知道給人快樂是多麼容易和多麼有趣呢？那貼胸放著的鈔票又在燒痛我了，它們也像剛才我拿在手中的汽球那樣，有一種要掙脫的力量，於是我把它們通通取出來，不但是那些馬場贏來的，連我自己本來有的也一齊掏了出來，因為我已感覺不出它們的分別，只想把它們分給需要的人們。我走向一個正在默默地掃著街的清道夫身旁，他以為我是問路的，趕快停下來等我開口，我笑著塞給他一張二十克郎的鈔票，他惶恐不解地拿著那票子等候著我說出要他做的事。

「拿去買點你想買的東西吧。」我說完便走開了。

我四處張望，想尋找一個向我要求贈與的人，但一個也沒有，我只好走上去請他們接受。一個暗娼向我搭訕，我給了他一張票子，又給了那管理路燈的人一張，在一家麵包房的窗口塞了一張。就這樣子一路上散布著驚訝、感謝和喜悅的痕跡向前走去。

最後我是把那些鈔票，這裡那裡地到處亂丟著，丟在馬路邊上、教堂臺階上，我微笑著想明天早晨那在這地方賣蘋果的老婦人發現了這一百克朗的鈔票，將以為是風吹來的，不知如何感謝地讚美上帝。一些窮學生或女傭人或工人在路上無意撿到那些錢鈔，也將是一樣的又驚又喜，想到這裡我越散布越起勁了。

當我把所有的鈔票都散布完了時，真覺得無法形容的輕鬆，好像我能飛了，享受到一種從未有過的自由滋味，對於那些街道、天空、房屋，我也有一種親切之感。在這以前，就是最熱情的時刻也從未這麼深刻地感覺到過這些東西的真實性——原來它們是和我一樣地有生命、有生活，而這生命和生活是只有能愛能給的人才能了解。

最後我有一會兒覺得不安，那是當我回到家中，打開房門向裡面探頭一望的時候。當時忽然升起一陣焦急，恐怕這是一向那種生活的復原，因為我又回到了住熟的屋子裡，就要睡到那睡慣的床上，和這晚上剛剛擺脫掉的種種事物重新發生關係了。但有一件事我必須記住，就是我自己絕不能再恢復以往的樣子，我不要再做那種只重儀表而無感情的紳士。只要能真正的活著，就是讓我投身於罪惡之淵也好。我疲倦極了，但又擔心睡著，因為我怕在睡眠中那新生活的意識要消逝，我怕這一晚的奇異經驗會變成一個夢。

但是我第二天醒來時非常高興，因為我發覺那新情感仍然活躍著。到現在已是四個月過去了，以前的麻木不仁沒再出現。雖然那天初經驗到的驚喜熱情已經過去了，但從那晚以後無時無刻不感到生活的喜悅，我不知道自己獲得新生是否比以前的好些，卻知道比以前的快樂了。那曾經變得無熱情無意識的生活，現在有了一個新的意義，而這意義除了「生活」二字之外再無其他字眼可以說明。我已拋棄了一切人為的束縛，因為我一向所屬的那個社會中的陋習成規再也不能約束我。無論對人對己，我都能坦然無愧。像榮譽、犯罪、罪惡之類的字眼變成了空洞的，不再願意使用。這種活躍的生活動力完全是來自那奇異的晚上，不知它將把我驅向何處：也許是一個別人稱為罪惡的深淵；也許是一個崇高的境界。我不知道，也不想去知道。

有一件事我敢肯定說：我從未這樣深刻地愛過生命；同時我知道不關心生活形態是犯罪（**唯一的犯罪**）。因為我開始了解了自己，也就普遍地了解了周圍的一切。一個對著櫥窗渴望的人的眼光能使我深深地受到感動，一個狗跳躍也能使我感到歡欣。我對任何事都有了關係、有了興趣。過去隨便翻一翻的報紙，現在熱心地細讀著；過去使我厭煩的事，現在對我有了強大的效力；最奇妙的是現在我能同任何人隨便談笑，不再只是會做上流社會中的應酬。那個跟了我七年的僕人，現在才引起我不時和他交談幾句話的興趣；那個我從未正眼看過的看門人，有天對我訴說著他小女兒死的事，他的敘述比莎士比亞的悲劇更使我受感動。雖然從外表上看來，我似乎仍過著從前那種受人敬重然而空虛無聊的生活，但是我內心的轉變，連別人也明顯地看出來了，他們比以前更親切地招呼著我。上星期在街上有隻陌生的狗對我跳躍歡叫過三次；朋友們好像對著久病初癒的人一般，那麼關切高興地注視著我，並且說我變得年輕了。

我變得年輕了嗎？我只知道自己不過是才開始去生活，只知道人是多麼應該去想想自己那可怕的過去。現在我執筆在手，對著稿紙要寫「我終於真正在生活」，這的確有點狂妄。但就算這是一種幻想吧，也總是一種初次使我快樂的幻想，它溫暖了我的血液、解放了我的意識。現在我來描寫我所遭遇的奇蹟，完全是為了自己，雖然我知道的比所寫的更清楚。這件事沒有對任何朋友談過，他們不知道我過去的生活是怎樣死氣沉沉，因此也想不出我現在的生活是怎樣生氣勃勃。我此刻擔心的是死亡之手會忽然來攫取去我這活潑的生命，那麼這篇記載也將被別人看到了。那些不曾有過和我相同經驗的人也將像六個月前的我一樣，是難以了解一個下午和一個夜晚偶然發生的事怎麼會觸發了生命的燃燒的。在這種讀者心中，是不會羞辱我的，因為他根本不了解我寫了些什麼，但那能了解的讀者也不會批評我，因為他們不會覺得自己了不起，而我在他們面前也不會感到羞愧。發現了自己的人再也不會失去世上的任何東西，在自己心中握住了人性的人將會了解所有的人類的。

# 看不見的珍藏

過了杜瑞司丁（今譯德勒斯登），等候換車的時候，有一位中年紳士走進了我們的車箱，親切地對大家微笑著，還特別向我點了點頭，看見我的神情有點茫然，又來自報姓名。呵，我當然認識他的！他是柏林最有名的鑑賞家和古董商。戰前我常到他那裡去買名人手稿和珍貴書籍。這時他在我對面的空位上坐下來，交談了幾句閒話之後，他便改變了話題，談起他這次出來旅行的經過，說這是他做了三十七年古董商以來最奇異的一次遭遇。好了，我已經把他介紹得夠了，現在，用他自己的話來敘述他的故事吧，省得要用太多的括弧引號，使人搞不清楚。

他說：你知道自從幣值跌落之後，我的事業受了很大的影響。並且戰後那些暴發戶對於收集古書、古畫、名人遺物發生起興趣來，他們什麼都要，真有點供不應求，而我這人呢？又是寧願把好東西留下來自己欣賞，也不願意把貨物賣得精光的。實在說，如果我讓他們任意買的話，他們會把我襯衫上的袖釦和書桌上的檯燈都買去的。而貨物來源卻又越來越艱難。呵，我用「貨物」這字眼一定會使你覺得刺耳吧？這是我從這批新顧客學來的。這生意真做得沒意思……可是為了維持業務和生活，又不能不到那些人的地方去聽外行話，看假貨色。

對於那些錢多到燒手的人們，是無法滿足他們的購買欲的。因此，一天晚上我環顧周圍，發覺值錢的東西實在太少了，這店不如關門好。本來這是由祖父、父親傳下來的一種很好的行業，現在充滿了廢物，而這些廢物，如果是在一九一四年前，即使是一個賣破爛的也羞於拿來放在手車上叫賣的。

在這種窮困環境中，我只好來翻看從前的帳簿，心想也許以前那些老主顧有誰願意出讓一點他們有錢時所買進的東西。可是，想不到那偶然湊在一起的顧客名簿竟像極了屍體縱橫的戰場，使我看出那些當年在日正當中的景況下來買過東西的人，現在不是已經去世，便是晚景淒涼，已把珍藏變賣殆盡了。最後，我忽然看到一束由一位年紀最老而尚在世的顧客寫來的信。他實在太老了，我已經有點忘了他。自從一九一四年大暴動之後，他沒再買過任何東西。是的，他確實很老了，最早的一封信上的日期，是半世紀以前，我祖父在經營這店的時候。在我接管的這三十七年中，我記不起曾和他有過什麼交易往來了。

從各種痕跡上推起來，他一定是那種迂腐而有怪癖的人，他寫的字像銅版印出的，他所列要買的物名都用紅筆在下面畫著線，錢價是用正楷和阿拉伯兩種字體寫著，以防搞錯。由這種種特點，再加上他用撕下來的空白書頁做信紙，以及曾加擦改的信封，顯示出一位個性堅強、住在邊陲地區的人的吝嗇。他的簽名後面常常跟著他全部頭銜「退休山林守衛長及經濟顧問。退休陸軍中尉，曾獲一級鐵十字勛章。」

既然明顯地他是一八七一年戰役的老兵，那麼現在一定是八十多歲了。

他處處表現著那種繪畫雕刻收藏家特有的機敏、知識和趣味。我仔細地研究了一下他的購貨單，最初價錢是很少的，可是幾十年來零星購買的各種珍物，在今天算起來也值一大筆錢呢。不知道他是否還在別處同樣搜購？而他的收集品現在流散了嗎？他停止到我們店中購買東西之後，這期間我對這行事業變得非常熟悉，我不信這麼多的收藏品轉讓給人而我會毫無所聞。如果他已去世，那些寶物也一定還留在他的繼承人手裡。

這件事太有趣了，於是第三天（就是昨天晚上）我便出發到了賽克桑區最外邊的一個小鎮上。當我走出那小小的火車站，在街上走著的時候，我覺得住在那些平庸房子中的人，他屋裡的陳設一定也是平凡而俗氣的，說那裡面會收藏著最偉大的藝術品，簡直是令人難以相信的。不過，我還是到郵局去打聽一下。當我聽說那位山林守衛長及經濟顧問還活著的時候，真是大吃一驚。他們告訴我如何去找他的房子，我的心跳得比任何時候都快急。那是中午以前的時候。

我要找的那位收藏家住在一所傑利式的房子的二樓上。第一層樓住的是一位裁縫師，第二層樓，左邊掛著當地郵局局長的名牌，右邊便是我所要找的人，總算把他找到了。按了一下鈴，立刻有一位白髮蒼蒼的老太婆來開門，她戴了一頂黑花邊的帽子。我把名片遞上，問主人在不在家。她驚疑地看了我一眼，又望了望那名片，然後再看著我。在這種被上帝遺棄了的小鎮上，如果有大都市的人來拜訪，當然會引起一些騷動的。不過，她最後總算用一種非常友善的語調請我在門口等一下，然後自己消失到一個門內。我聽到一些耳語，又聽到一個宏亮的聲音說：「你是說從柏林來的雷克尼先生，那位有名的古董商嗎？當然我很願意見他。」那位老太婆又重新出現，請我進去。

我脫下外套，跟她走進去，在一間陳設簡陋的屋子中間，一位健壯的老人站在那裡迎候我。他長著很濃的鬍子，穿著一件類似軍裝的衣服。用一種非常親熱的方式向我伸出了雙手，那姿勢毫不做作，但和他那僵硬到有點不自然的態度對照起來卻很顯得奇怪。他並沒有向我走來，我只好遷就他走上前去握手，但他的手也不迎接我的手，而在等我去握，這時，我才看出了原因，他失明了。

我從小就不願意看見瞎子，因為他們會使我感到一種不自在，引起一種自我譴責的羞愧——覺得自己是能看的人卻未能充分利用，而白白取得一種不公平的優待似的。尤其當我看到那在白眉毛下迷惘黯淡的眼球時，這種感覺更銳利地刺著我的心。這位老人並沒有使我長久地感到不自在，他很高興地笑著說：「今天真是個好日子，這好像奇蹟似的。一位從柏林來的大人物會到了我們家！你知道，我們這些鄉下人要處處小心才行。當一位像你這樣有名的古董商在有戰亂的街道上行走，俗話說：『附近有吉卜賽人的時候，要關上窗子、扣好口袋！』我知道你為什麼冒著這麼大的麻煩來見我，你的事業不大興旺，知道我有不少收藏！現在沒有什麼人買古董，即使有也很少，所以人們又在找他們的老主顧了。可是我怕你會白跑一趟呢！像我這種靠養老金生活的人，如果找到家中還有一塊乾麵包就很滿足了，我過去曾經是一個收藏家，但現在我已退出這一行了，我購買古物的日子早已過去了。」

我趕快告訴他別誤解我的來意，我並沒有絲毫來兜生意的意思，不過覺得有這麼一位德國最偉大的收藏家做過我們的長期顧客，而我竟無緣認識未免太遺憾了，所以特來拜訪致敬。我說完這些話，他的臉上起了很大的變化。他直挺挺地站在屋子中間，容光煥發，一臉得意的神情，轉向他認為他太太所在的方向，點了點頭，好像說，「你聽見了沒有？」然後又轉向我，用一種有禮的、躊躇的幾乎溫柔的聲音說：「你真好——原來你只是為了結識一位像我這麼老朽無能的人而來的，這倒使我抱愧不安呢。不過，我倒有不少值得一看的東西——比你在柏林、維也納或是巴黎所能看到的更值得一看。一個由於興趣的引導，辛勤地收集了五十年的人，有很多在任何地方都難買到的寶物呢。麗沙，請你把櫥櫃的鑰匙拿給我。」

現在，有一件很奇怪的事情發生了。那位曾經微笑地聽著他說話的太太忽然大吃一驚，緊握著自己的雙手，懇求地向著我搖頭。我猜不出她是什麼意思。她走到她丈夫的身邊，拍了一下他的肩頭說：「親愛的，你忘了先問我們客人有沒有別的約會呢，而且現在是吃午飯的時間了——我真抱歉！」她望著我繼續說下去，「我們沒有多餘的食物招待客人。不用說，您是要在餐館吃飯的，飯後如果您願意來和我們一起喝杯咖啡的話，我的女兒安娜會在這裡招待你參觀收藏品，她對那些紙頭比我熟悉。」

她又那麼可憐地望了我一眼，顯而易見的，她希望我能拒絕這個觀賞收藏品的邀請。我於是會意地說，「我中午有個吃飯的約會，我願意在三點鐘的時候回來，那就有足夠的時間從容欣賞了。我預定六點以前離開這裡。」

這位老兵像一個被奪去心愛玩具的小孩似的發起脾氣來。「當然啦，」他不高興地說，「我知道你們從柏林來的人，時間都有一定的安排，但希望你能為我分出一點時間來，我要給你看的不僅僅是兩三幅圖畫，而是二十七件一套的藝術品，每件有一個作者，而且通通都值得喝采。無論如何，你如果能準時三點來，我想在六點以前會看完的。」

女主人送我出來，在客廳門口，她要開門的時候，低聲地對我說，「您願不願意安娜在您還沒回到這裡之前，到旅館去見您呢？有很多話，我現在不能解釋給您聽。」

「當然，當然，我非常願意。真的，我只是一個人吃飯並沒有約會，你們一吃完就可以來。」

一小時後，當我從旅館的餐廳移到休息室後不久，安娜小姐便來了，是一位老小姐，精神萎靡、缺乏自信。穿著很普通的衣服，窘困地望著我。我竭力地使她輕鬆，表明如果她父親等得不耐煩了，我可以立刻就和她走，雖然還沒到約定的時間。她聽我這麼一說，臉立刻紅起來，更加慌亂了。停了一下才口吃地請求我讓她在動身前說幾句話。

「請坐。」我回答說，「很願意為您效勞。」

她像很難啟口，手和嘴唇一直在發抖，最後才說：

「我母親叫我來的，我們必須請您幫忙。等會我們回去的時候，父親一定要把他那些收藏品拿給您看的，可是那些收藏品……那些收藏品所剩無幾了！」

她喘了口氣，幾乎要啜泣起來，然後上氣不接下氣地又說：

「我必須坦白地告訴您……您知道我們是多麼困難地在打發這些日子，我想您會了解的。戰爭爆發以後，我父親的視力完全沒有了，這是由於過分激動所致。雖然他已經超過八十歲了，想到他很久以前曾經參加過的戰爭仍要再去前線，當然，他去了也不會有什麼用的。軍隊當局於是委婉地拒絕了。他就此一直把這件事放在心裡念念不忘，醫生說那可能就是導致失明的原因。還有，我想您也注意到了，他是這樣的健壯，直到一九一四年他仍能散步走很長的路，而且還可以出去打獵。自從他的眼睛壞了以後，他唯一的樂趣就是他的收藏了。他每天都要看它們一遍，我說『看它們』，就是每天下午把那些東西放在桌上，一件一件地用手去摸弄，那些東西的次序都是經過好多年的摸撫而熟悉了的。再沒有別的東西能引發他的興趣了。他常叫我把拍賣古董的消息讀給他聽，價錢越高他就越高興。但實際情形卻真可怕，父親對於物價的上漲、生活的艱難以及養老金連一天食物都買不到的情形一點也不知道，後來我們變成靠別人來養活。但姐夫又陣亡了，留下四個小孩，我們盡量節省開銷還是維持不了，只好開始變賣東西，像各種首飾等等，無論如何也不願去動及他的收藏品。但是自從他把所有的錢都花在收購各種雕刻繪畫上以後，家中能賣的東西太少了。這就是所謂收藏家的狂熱！唉，後來我們終於面臨了一個嚴重問題，是變賣他的收藏品呢？還是讓他挨餓？我們並沒有去徵求他的意見，問他

有什麼用呢？他從來沒有想過食物是多麼難買、物價是多麼高，也從沒聽到過德國戰敗，因為我們不忍把這一類的消息念給他聽。

我們第一次賣的是一件很值錢的東西，是一幅雷卜蘭德的銅版印刷物。那商人給了我們很高的價錢，有好幾千馬克。我們以為可以維持一年的生活了，但你知道一九二二年到一九二三年間幣值跌得多厲害。當我們把錢存在銀行以備不時之需的時候，想不到短短兩個月就花光了。只好又賣另外一件。那正是通貨膨脹最厲害的時期，而那些商人又一直拖延付款，等到所應給我們的錢跌到不值幾文時才付給我們。沒有辦法，我們只好又賣房子，結果也同樣地被騙了。雖然標售的價錢高到百萬，而那些百萬票子到我們手中已成為廢紙。收藏品就這樣零星出售買每日所需的麵包。

為什麼當您今天來時我母親那麼驚慌，因為要是那些文件一被打開，我們偽裝的計謀就會揭穿。他用摸撫能知道每一件東西，每當我們拿走一件，就得用一張同樣大小厚薄的包火藥的白紙來頂替在那裡，使他不致發覺有什麼不同。他總是一張張地摸，一張張地數，他的快樂就好像完全看得見它們一樣。他從來不把這些東西拿給人看，因為沒有人懂，沒有人值得給他看，但他太愛這些東西了，如果發現它們被分散了的話，一定會心碎的。他最後一次給看那些收藏的人是杜瑞司丁的銅器雕刻管理人，這人在幾年前已經去世了。」

「請您，」她哭出聲來，「不要打破他的幻想，不要損傷他的自信。你看了他那些寶物之後，如果讓他知道了實情，會給他致命的打擊的。也許我們錯待了他，但有什麼辦法呢？一個人必須活下去呀！生命總比古董更重要些。每天花幾個鐘頭去看他那想像的收藏，成了他的固定生活和最大快樂，並且他要對它們說話，好像它們是他的好朋友似的。今天可能是他失明以來最興奮的一天，因為他早就期待著有個機會把他的寶物給一位專家看看。要是您幫助我們維持這個哄瞞……」

在我這樣冷靜的敘述中，實在表現不出她當時哀述的辛酸。我曾見過很多我這行業中的卑劣行為，對於因通貨膨脹而被弄得傾家蕩產的事件，照說應該漠然視之的，但我的心總算尚未完全麻木，我被這個故事打動了，不用說，我就答應她的請求去參加表演了。

我們一同回到她家，路上聽到這兩位無知然而善良的女人怎樣用無價之寶換來那不合理的錢數，真是難過極了，因此也就更加強了盡力幫忙的決心。我們剛爬上樓梯，便聽見一個快活的聲音說：「請進！請進！」由於盲人的敏銳聽覺，他一聽見我們的腳步便知道是他所熱切等待的人來了。

「他每天飯後都要午睡一下的，但今天太興奮了睡不著。」那老女人微笑地說著，讓我們進去。她瞥了她女兒一眼，表示著一切都很順利。書畫已經放在桌上了。這位瞎眼的收藏家抓住我的手，把我推進一張特為我預備的椅子裡。

「我們馬上開始吧，可看的東西很多而時間有限。第一類是包括Durere全套作品，你可以看出一件比一件好，都是偉大的傑作，你自己判斷吧！」

他打開那些冊頁，並且說，「我們當然從Apocaiypra開始吧。」於是溫柔地謹慎地拿起一張空白的包火藥的紙，並且很得意地把它放在我這看得見的眼睛和他那看不見的眼睛前面。他是這麼熱切地注視著，你很難相信他是看不見的。雖然我知道他那只是在想像，但總無法否認他那縐紋臉上發出的光輝。

「你見過比這更好的嗎？看它表現得多尖銳，每一部分都清清楚楚。把我這張和杜瑞司丁收藏的比較一下看，當然，那也是很好的，但和你現在看的比較起來，卻是小巫見大巫了，並且我有著整套的。」

他把那紙張翻過來，指著上面的一點。他這麼確信的樣子，使我不自主地伸頭向前去看那並沒有的題字。

「這是 Nagler 收藏的鑑印，下面是 Remy 和 Esdaille 的。這些有名的老前輩恐怕再也想不到他們的寶物會到了這間小屋裡來。」

這位毫不懷疑的空想家讚美著那些空白紙張的時候，我不由得戰慄了，看到他的手指正正確確地指在以前收藏家慣常蓋鑑印的地方，我的肌肉都像收縮了起來。那情景的可怕就像那些被他說到名字的人的幽靈又從墳墓裡出來了。我的嘴張得大大的，直到又看見那母女倆煩惱的表情才合攏起來，重新扮演我擔任的角色。

用一種假裝，我稱讚著：「你的話一點也不錯，這些收藏的確是珍貴無比的藝術品。」他得意非凡。

「這不算什麼，」他繼續說，「你看這兩張，這才是舉世無雙的。看這色彩多新鮮。你那柏林的同業們和公共美術館的管理員看了以後，一定會羨慕死的。」

我們就這樣繼續下去，經過了兩個多鐘頭他一張一張地摸索著，讓我看了兩三百張的空白紙張，這真是件荒誕的事，並且看的時候還要隨時加以讚美。好在這位失明的收藏家的卓越鑑賞表現得那麼真切，一次又一次地使我也像發生了信以為真的幻覺，在尷尬中總算得到了不少解救。

只有一次幾乎出了毛病。那就是當他正在給我看雷卜蘭德的畫頁校樣的時候。「那校樣的價值是不可估計的，但無疑地只被賣了一點點錢。」他又在敘述它的尖銳表現，用手輕輕撫摸的時候，他那敏感的觸覺沒摸到某些他所熟悉的特點，他的臉立刻陰沉下來，嘴唇也在發抖，他說：「真的是那校樣嗎？除我之外，沒有人動過這些木刻畫呀！怎麼會放錯呢？」

「一點不錯，這是雷卜蘭德的木刻。」我趕快從他手中接過那紙張來，靠著我的記憶滔滔地指說著這上面的特點。

他的疑惑消失了。我越讚美，他越興奮，最後大笑著對那兩個女人說：「這位才是識貨的行家！你們總埋怨我把錢花在這些收藏上。倒也是真的，我這五十年來戒絕了吸煙、喝酒、旅行、看戲，把所有的精力、財力都用在購買這些你們所輕視的東西上了。現在，雷克尼先生同意了我的鑑定。等我死去之後，你們將比這裡的任何人都富有，會像杜瑞司丁的首富一般，那時你們就會為我瘋狂的舉動而深自慶幸了，不過我活著一天便一天不讓這些收藏失散。等我進了棺材，埋到土裡之後，這位專家會來幫你們出賣的，你們非賣不可，因為我死後便沒有養老金了。」

他一面說一面用手指愛撫著他心中的寵物，那情景真是令人戰慄！好多年來，不止從一九一四年以來，我沒有見過一個德國人臉上有過這樣快樂的表情。他的妻女含淚注視著他，那失神落魄的恐慌樣子，就像在耶路撒冷城牆外，望見裡面花園中石頭滾走墓穴已空的老婦人一般。但那失明的老人好像怕我欣賞不夠，一張又一張，一遍又一遍指點給我看，品評著我的話。好容易才算把放在桌上的那些白紙看完，咖啡端上來了。

我的主人一點也不疲倦，返老還童似的，一個故事接一個故事講著他購買這些珍藏的經過，並且想把說到的再拿來欣賞，越來越狂熱，直到我和他的妻女都堅持著說再延遲一下就要誤了火車了，這才完事。

最後總算讓我走了，我們彼此說著再見。他的聲調非常爽朗，把我的雙手抓在他的手中，用盲人特有的本能撫摸著。

「你的來訪，帶給我無上的快樂，」他聲調有點抖顫地說，「多麼令人高興呀，我終於把我的收藏品給一位權威人士欣賞過了。我要把對你的感謝用事業表達，讓你來看我這個老盲人沒有白看，我要在遺囑上加寫一條，託付你那以正直聞名的商店來主持我的收藏品的拍賣。」

他把手溫存地放在那一文不值的收藏品上。

「請答應為我編一個很詳細的目錄，我不能要求更好的紀念物了。」

我看了那兩個女人一眼，她們正在竭力抑制著，唯恐哭出聲來被他靈敏的耳朵聽見。我答應了這件不可能的事，他緊握著我的手作為答謝。

他的太太和女兒陪我走到門口，她們不想說什麼，淚水卻一直不斷地流下來，我自己也差不多要陪她們同聲一哭了。我這個古董商原是在做生意收買點兒什麼的，結果竟完全相反，我做了幸運的天使，為了使一位老人快樂，我像位勇士似的完成了哄騙的任務。我深以欺騙為恥，但我很高興做了這次欺騙。總之，我曾引起了一次在這憂鬱時代中已經罕有的狂熱。

我走到街上的時候，聽見窗戶打開的聲音，那老人雖然看不見我，但知道我要向哪方面走，他那看不見的眼睛也向著那方面望，拼命地探著身子，但他的家人擔心地從後面抱持著，防備他栽下來。他搖著一條手帕，喊道：「雷克尼先生，祝你旅程快樂！」

他的聲音像個小孩子，我永遠忘不了那愉快的面孔和街上那些忙亂困苦的臉色造成的強烈對照。由於我的幫助而造成的幻想使生活對於他更加美好起來。歌德不是說過嗎？「收藏家是快樂的人。」

# 情網

去年夏天我在加尼比亞住了一個月，那是靠近蔻茂湖的一個小地方，有許多綠蔭籠罩著的白色別墅，環境非常清幽。就是春天湖邊擠滿外來遊客的時候，也還是一片靜穆景象，至於到了炎熱的八月，那簡直就成了只有驕陽肆威的村野。這時旅館都差不多空了，有幾個還留在那裡的客人，每天早晨遇見的時候，總是彼此驚奇地相望著，好像想不到除了自己之外，居然還有別人也留在這麼冷清的地方。至於我呢？我特別注意的是一位服裝考究舉止文雅的老紳士，他像一位英國政治家又像一位巴黎時髦人，我很奇怪他為什麼不離開這裡到一個海邊之類的地方去？他整天沉思地注視著自己噴出的煙圈，偶爾也翻閱一下書。後來接連下了幾天雨，就在這陰雨連綿的天氣中我們竟建立起友誼來。並且由於他的熱誠相待，不久我們就成了親密的忘年之交。原來他是出生在利沃尼亞而在法國和英國受教育長大的，但他從來沒有固定的職業和固定的住處，是一位無家的流浪者、一位遊歷家，在所有的落腳的地方做著「美」的掠取。他是一位愛好各種藝術而一種也不屑於從事的欣賞家，藝術曾給他無限快樂時光，但他從未為藝術付出一點創造熱情。他的生命是近似空虛類型的，因為將來他去世時，他所堆積的經驗也將隨之消失，不會有一個承繼者。

一天傍晚，我們飯後坐在旅館門前望著湖上的夜色襲來時，我便把這意思向他暗示著說了。

「也許你是對的，」他微笑了一下說，「可是我沒有興趣去回憶。生活經驗只要一次已經足夠，事情過去就算完了。即使小說中的想像也是一樣，過了一個時期那還不是一樣要消滅？二十年，五十年或是一百年，只是時間早晚罷了，不過，我倒要告訴你一樁奇遇，這也許可以寫成一篇很好的小說呢。讓我們去散散步，走動著可以說得更好點。」

我們沿著湖邊那條可愛的路，在柏絲杉和栗子樹下走著。晚風吹動著的水面不時在樹枝縫隙間閃閃發光。

「開頭先讓我坦白一下吧，去年八月我是在這地方來著，就住在這個旅館裡，這一定很使你吃驚吧？記得我曾對你說，我是凡事都避免重複的。可是等你聽完這個故事你就知道我為什麼破例了。

當然去年這地方也正像現在一樣冷清。那位從米蘭來的人也在，他是整天釣魚，到了晚上便把釣起來的魚又放回湖中，為了要在第二天早晨再釣起它們來。還有兩個英國人，他們生活得那麼安靜，使人幾乎忘了他們的存在。此外，還有一位漂亮的年輕人帶著一個面色有點蒼白的可愛的女郎。我想他們不是夫妻，因為看上去太相愛了。

最後是一家德國人，典型的德國北部人。那位年紀較大的瘦女人，金髮已經褪色，只還有著尖銳的藍眼睛，那悻悻然緊閉著的嘴就像刀切的一條縫似的。另外一位準是她的妹妹，因為她也有同樣的特徵，雖然是比較柔和些。她們倆總是在一起，靜靜地低頭做活，好像在用針線填補她們那空虛的心。和她們在一塊的還有一位十六、七歲的少女，不知是哪一位的女兒。在她那尚未成熟的女性身軀上已隱約有著更柔和了些的那家族的特徵。總之，她一點也不好看，因為太瘦太平板，並且總穿著同樣的服裝，不過在她的臉上有一種像在渴望什麼似的神情，很是奇特。

她的眼睛很大，充滿壓抑的火焰，但她是那麼怕羞，簡直不敢去望別人的臉。同她母親和姨母一樣，她也是總帶著針線活計，但她不像她們那樣勤奮，她那手的動作常常越來越遲緩，有時竟會一動也不動地坐在那裡望著湖面發呆。是什麼因素使我覺得這種時候她那神情非常迷人呢？是由於衰老的母親和年輕的女兒在一塊所產生的強烈對照嗎？是由於她那表情中的熱切而茫然的渴求嗎？總之，我對她注視的時候覺得很受感動，她有時是無限溫柔地撫愛著一隻狗或貓，有時是心神不定地東摸摸西弄弄。也有時是熱切地在讀一本圖書館借來的破書或是翻閱著隨身攜帶的詩集，對著歌德或布巴的詩句沉思。」

他停頓了一下，說：

「你笑什麼？」

我趕快向他道歉，說：

「你一定也會認為把歌德和布巴並列是很奇怪吧？」

「奇怪？也許是的。但一點也沒有什麼好笑，像那種年齡的女孩子對於她所讀的詩是不理會好壞的，那些詩行不過是運輸解渴飲料的船具，至於飲料的品質如何是毫無關係，因為她的唇邊還未碰到杯子的邊沿就已經有點醉了。

這個女孩的情形就是如此。她充滿了渴望。她那眼睛的好奇的窺視，那手指在桌面上的不安彈弄，使她的神情顯出一種膽怯而又熱狂的動人的愛嬌。她渴望與人談話，發揮她那內心漲滿的生命力，但沒有一個人可以交談。她坐在兩位冰冷拘謹一心忙著做活的大人中間是非常孤獨的，我很同情她，然而無能為力，這樣一個女孩怎會對我這般年紀的老頭子發生興趣呢？再說，要跟一家人建立友誼，對於那些未受教育的某種年紀的女人，我感到一種特別的厭惡。

一個古怪的念頭忽然湧上心來，我暗自想道：『這是一個剛出校門未經世故的女孩子，毫無疑問地這是初次到義大利來。所有的德國人都讀過莎士比亞，多謝這位從未到過義大利的文豪的描寫，對於她這將是一個充滿愛情的羅曼蒂克的地方，到了這裡不由得要聯想到情人呀、幽會呀、遺落扇子做暗號呀、匕首的閃光呀、化裝面具呀、做陪伴的女教師呀、比武決鬥呀，並且無疑地她也在夢想著這些事物，女孩子的夢想還會有邊際嗎？那是像蔚藍天空上的白雲，整天漫無目的地飄蕩，並且傍晚時忽紅忽黃地變化無窮。在她的心目中沒有什麼事是不正常、不可能的。』我決心要為她找一個愛人。

這天晚上我寫了一封信，一封無限溫柔而又非常恭敬的信。那是用德文寫的，但故意帶上外國語氣，並且後面不加署名。裡面沒有要求什麼也沒有貢獻什麼，就是小說中常見的那種情書，並不太長，然而很有個性。我知道她由於情緒不寧，總是第一個到早餐室的，我把信捲在她的餐巾裡。

第二天早晨，我在花園裡找了個適當的位子下來，從窗外望著她，我想看看她的驚異。誰知她不只是驚異，簡直像嚇了一跳，那蒼白的雙頰一下子變得緋紅，一直紅到頸子。她吃驚地向四周望了望，雙手緊握著，藏起了那封信。整個早餐時間，她激動不安，幾乎一口東西都沒下嚥，因為她一心想趕快走開，到個無人的地方去讀那封神秘的信。嗯，你說什麼？」

我不過是無意地動了一下，他這樣問了，就只好說：

「你真是冒了個大險。你就沒想到她萬一尋根追底，問那侍者是誰把信放在餐巾內的呢？或者把信拿給母親看呢？」

「當然我想到過這些可能的情形，但如果你曾看見那女孩，看到過別人大聲說話時她那種驚慌樣子，你就一點都不會擔心了。有些女孩子是怕羞到使男人為所欲為，她們情願忍受那冒犯也不肯對人訴說。

我看見策略成功很是高興。她從花園散步回來的時候，我一看見她自己倒心跳起來。因為她完全變了，變成一個容光煥發步伐輕盈的女孩。她似乎不知做什麼才好，臉上陣陣發紅，同時很為自己的不安而著急。一整天都是這個樣子。她不時到一個一個的窗口去眺望，像是希望能尋找出一點線索來，同時對於每一個走過她身邊的人都加以注視打量。有一次她的視線也和我的遇到了，我趕快避開，唯恐在那灼熱的眼光下溶化而露出破綻，但就在一瞬之間我已看出感情的火山在她心中爆發了。說實話，這時候我有點感到痛悔了，因為這使我記起了一樁很久以前的經驗，一個男人如果是第一位在少女眼中點燃起這種火光的人，那是再快樂沒有，但也再危險沒有了。

我看見她那樣懶洋洋坐在那兩位做活的大人之間，怎樣時時地伸手到她衣服上的某一部分，無疑地那是收藏著那信的地方。對這件遊戲的想像力越來越發展，晚上我又寫了第二封信，並且每晚每晚地繼續著寫，越寫越重地傾注上一位年輕愛人的多情善感，編織著一個幻想的情網。布下羅網的獵人是非獲得獵物不肯甘休的，雖然對於我初步的成功已有點覺得害怕，想及時中止，但那順利的開始又成了難以抗拒的誘惑。

這時候她走起路來好像在跳舞，全身放射著一種狂熱的光輝。她一定是整夜都在熱切地等待著第二天早上的信，眼下已經有了失眠的黑圈。她開始注意修飾，頭髮戴了花。她觸摸每一件東西都顯得那麼溫柔多情沉思默想。我在信裡曾加意描寫一些身邊瑣事，表示那寫信人就生活在她附近，像一個憑藉音樂飄浮空中的仙人，隨時在注視著她的一切而自己卻不露形跡。那快樂激增的明顯，連那兩位遲鈍的老女人也注意到了，他們常慈祥疑問地注視她那輕飄的步伐，端詳她那紅潤的面頰，兩人交換著微笑。她連聲音也變得更豐富更有迴響，好像她隨時會狂歡大笑地高唱勝利之歌，好像……你怎麼又笑起來？」

「沒有，沒有，請講下去。我不過是想你講得太好了，你真有天才，沒有哪位小說家能做比這更好的述說了。」

「你似乎是在暗示我犯了你們德國小說的形式主義，述說得太散漫冗長了。好，我要說得簡潔些，這個傀儡跳舞了，我在巧妙地扯動著線。我為了避開被猜測的嫌疑（**因為有時我發覺她狐疑地望著我**），在信中故意裝作那寫信人是在鄰近地方，每天坐船到這裡來。因此，每逢汽船到岸的鈴聲一響，她便找藉口放下正在做著的事，到碼頭的角落裡屏息靜氣地注意著那些到來的乘客。

有一天，下午陰沉沉的，我除了偷看她以外無事可做，一樁奇蹟忽然出現了。就是在那下船的旅客中，有一位英俊的青年，穿著式樣入時的義大利服裝，他上岸之後，眼光向周圍掃視了一下的時候，忽然遇到了那女孩的焦急疑問的視線，她的唇上不覺展露了一個微笑，頰上也泛起了一陣紅暈。那青年吃了一驚似的也集中注意力望著。為了回答如此熱情含蓄的笑容，自然他也笑了，而且向著她走去。她想跑開，但又遲疑地站住，想證實一下這就是那位期待已久的愛人，接著又趕快跑走，並且一面跑一面回頭望著。這是那種既渴望又害怕、既思慕又羞赧的老把戲，在這把戲中柔弱的人往往表現得最勇敢。儘管那青年有點感到驚訝，還是很受鼓舞地在她後面追隨著，他快要追上她的時候，我忽然覺得自己一手建造的空中樓閣就要破碎了，好在那兩位老女人從路的那頭走來了，那女孩像隻受驚的鳥似的投向了她們的懷中。那青年也慎重地走開，但他轉身的時候還和那女孩子交換了一次凝望。我受了一次應該及時住手的警告，但仍捨不得放下。我決定要利用時機。

這天晚上我寫了封比過去更長的信，因為我要堅定她的猜疑。現在有著兩個傀偶可玩弄，樂趣也應該加倍大了。

第二天早晨，我卻被自己所看見的紊亂現象嚇了一跳。那可愛的激動不安變成了無法形容的憂傷。她的眼裡含著眼淚，她的沉默好像就要變成嚎啕大哭的前奏。我本來等著看一個笑臉，想不到竟是一副愁容，我心很覺難過。第一次我的工作有了煩惱，牽動繩子的時候，那傀儡竟不跳舞了。我挖空心思地去想，是出了什麼毛病呢？又急又煩，我決心避開，不去看她那難過的樣子，於是出去了一整天。等我回來的時候，事情的真相弄明白了。餐廳裡沒擺她們的桌子，原來這一家人走了。她和她的情人一言未交便走了。她不敢把自己的心事告訴母親和姨母，她們把她從一個甜美的夢境拖出來，帶往一個寂寞可憐的小城市去了。我再也沒有想到我玩的把戲會有這樣一個結局，至今我的眼前還常浮現出那女孩最後一刻充滿憤怒、痛苦和無可奈何的表情，至今我心裡還常想著我帶給她那青春生命中的創傷，那不幸的陰霾也許將籠罩她未來的歲月很多年吧。」

他說完了，這時天已全黑，月光不時從雲縫裡照下來，我們靜默地走了一會兒，他又忽然說：

「這就是我的故事，對於一位小說家可不是很好的題材嗎？」

「也許是吧。在你告訴我的故事中，我將特別珍重地記住這一個。不過，這很難寫成小說，因為它不過是一個開端罷了，故事要有結尾的。」

「我明白你的意思了，你是想知道那個女孩回家之後的悲劇生活……」

「不，我想的不是那個。我對那個女孩子已不再感到興趣。年輕的女孩子們，儘管她們自以為了不起，實在她們的經驗都是有等於沒有，她們都是一個樣子，像你所說的這個女孩子到了相當時候就會嫁個有錢有勢的人，這件事情對她也不過是個熱情的回憶罷了。我想的不是這女孩子。」

「這就怪了，難道那位青年打動了你的好奇心嗎？其實他那像火石迸出的火花一般的眼光，是每個人在年輕的時候都會有的。大部分的人是在當時不大注意，也有人是火花一熄便忘了它們。直到年老的時候，才感覺到那火花也許是一生當中所遇到的最崇高最深沉的——年輕人的最可寶貴的特權。」

「我想的也不是那位年輕人。」

「那麼，是什麼呢？」

「我倒是想寫寫那位寫信老人的結局。我不相信一個人——儘管是上了年紀——能在寫出那樣的熱情信後而無動於衷。我將設法寫出那場把戲怎樣愈來愈熱烈，而那老人怎樣自以為在玩把戲，卻忽然發覺自己已陷入其中而不能自拔了。他自以為是毫不動情地注視著那女孩正在成長中的美麗，但不想那美麗竟忽然迷惑了他、縛住了他。而當一切都從他手中溜走的時候，他對那遊戲和玩偶又感到無可抑制的渴望。上了年紀的人和尚未成熟的人，因為彼此都覺得自己不夠完全，而愛情的衝動竟非常相像，要是能把這點人生過程中愛的變遷來描寫一下，我想這一點是很有意思的。那老人一定為這愛情的不遂心和等候希望的煩惱而大感痛苦。我將寫他怎樣游移不決地想追尋那女孩再見一次面，而終又發現自己沒有勇氣這樣做；想求命運的恩惠，卻又發覺到命運的無情。我要給這故事一個這樣的結尾，這會……」

「瞎說，完全瞎說！」

在我耳邊響著的粗嘎而又發抖的聲音，像威嚇似地插進來打斷了我的話，簡直把我嚇了一跳，因為我從來沒有見過他這樣激動，這立刻使我意識到，我的粗心大意的摸索竟無意地觸著了他的痛楚傷口。在這激動的當兒，他完全停住了腳步，我回頭望他的時候，看見了他那滿頭白髮，使我覺得更加難過了。

我竭力解說著我剛才那些話的意義。但他並不理會，他這時已完全恢復了平日的冷靜，又開始用那沉重而略帶悲愴的語調說著：

「實在說起來，也許你是對的，那樣的語尾的確有意思。『戀愛對於老年人是件要命的事』，這話像巴爾札克說的，好像是他的一篇最動人的小說的標題。在這題目下實在是有很多可寫的。不過對於這點知道得最多的老人們，都是喜歡談他們的成功，而不願說到失敗的，因為他們認為那失敗會把他們顯得滑稽可笑，其實那不過是時光擺錘的不由自主的搖擺罷了。卡薩諾瓦的回憶錄中最後幾章，關於他這位獵豔家晚年幾乎投入自己布下的情網不能自拔的那幾章，說是原稿失落未曾印出，你以為是偶然的事嗎？恐怕是過於傷心不願寫出呢？」

「晚安。」他說，「在夏天的晚上講故事給年輕人聽，我知道是很危險的。愚蠢的想像、多餘的夢想都會在這時候升起來了。晚安，明天見。」

他帶著至今還有彈性而又多少顯得年老力衰的步子，消失到黑暗中去了。而我呢？卻為了奇異的見聞和同情的了解而興奮起來；往常這種寂寞的夜晚所引起的疲倦完全沒有了。我順著那條靜悄無人的路一直走到嘉樂別墅的門口，那門口的大理石臺階是通到湖邊的，我便在那冷冷的石階上坐下來。夜色是出奇的美妙，鎮上的燈光本來覺得很近，現在隔著湖水望去，竟又像非常遙遠了。那幽靜的湖面就像一塊周圍鑲著鑽石的黑玉，石階最底一層伸入湖心的地方，浪光不停地起落著，彷彿一些白毛在揮動。綴滿繁星的天幕無窮無盡地伸展著。不時有流星掠過，好像那緊嵌在天上的星星中，忽然有的鬆落了，橫過天空，落到黑暗裡、山谷間，或是遠處的水面上，一如我們的生活被看不見的力量驅逐到不可知的命運深淵似的。

# 月下小巷

暴風雨阻礙了航程，船到海岸的時候已經是晚上了。我錯過了預定搭乘繼續前進的火車，非得再等二十四小時不可。像我這樣一個流落在半路上的旅客，將怎樣打發這段時間才好呢？看來這地方並沒有什麼可消遣的場所，有幾處傳來的音樂，一點也不動聽。還是和同船下來的旅客去聊天吧，可是我們所住的那三等旅館的餐廳裡面充滿了油煎味和煙草味，並且收拾得也不夠整潔。這許多天來，我們一直是享受著海上的涼風鹹味和潮水清香，對於這種凌亂骯髒實在覺得難受，於是我決定沿著那條通向方場的大道散步去，那裡正有音樂的演奏。那些一日工作完畢吃過飯洗過澡的人們，都在悠閒懶散地遊蕩，自己也加入到他們中間，倒是怪有意思的事。但是不一會兒那擁擠的人群無聊的笑聲又使我感到厭惡了，因為和這麼多漠不相關的陌生人擠在一起，身心兩方面都覺得不舒服。

因為海程很不平靜，那波浪起伏的動盪，至今還停留在我的身體內，覺得腳下的陸地忽高忽低，街道和天空也像在搖晃。為了逃避這種暈眩，我趕快岔進一條小巷去，也沒顧得抬頭看看那小巷的名字是什麼，只覺得它非常狹長，到了裡面，嘈雜的人聲和音樂都漸漸聽不見了。這巷子岔口很多，像脈絡一般接連通達，越向裡走越暗，天上的星光都顯現出來了。我已不再感到暈眩，只覺那暗藍色的天空仰望上去是那麼深遠。

這一定是靠近港口的街道，因為有著海藻魚腥和不通風的房屋發散出來的惡濁味道，可是一陣海風吹來便什麼都散去，只剩下清涼的氣息，配上朦朧的夜色，使我覺得非常舒暢。於是放鬆腳步，邊走邊看著那些各不相同的小巷的差別。有的充滿著色情的挑逗，有的呈現著一片寂靜，但不同之中也有共同之處，便是那一致的昏暗，和那不知何處傳來的隱約的人語樂聲。所有的房門和窗戶都關閉著，隔很遠才有一個掛在門廊下的紅黃色門燈，是這巷裡唯一的光亮。

這種卑賤的色情市場，對於海上歸來的水手和偶然在這裡過路的旅客是充滿了誘惑的。像這種不名譽的地方，向來是被安排在偏僻幽暗的角落裡，因為在高樓大廈中重重帷幕裡所發生的事情，在這裡表現得太赤裸露骨了。那矮小的屋房裡擠滿了一對一對的舞伴，貼滿了五光十色的電影廣告，門口的燈籠半明不暗地招引著過路人。喃喃的醉語不時從窗口傳出來，路上的水手們遇見時總互相咧嘴笑一笑，眼裡露出一股饞相，因為他們正在尋找女人賭博飲酒和各種玩樂。而這些迷人的東西都掩藏在神秘的門裡和垂下的百葉窗後，可是只要進去就能找到，這種掩藏更加強了它的誘惑力。世界上所有的大都市中，這類幽暗小巷都是和豪華大街一樣多的，因為任何地方的上流社會和下層階級，在某一方面是有著非常近似的地方。這些縱橫凌亂的巷子正是錯綜的情欲世界的奇妙象徵，在這裡人性毫不檢束地暴露著，就像是一座暗不見天的感情深林，這裡面充滿人類最基本的本能和獸性的活動，也充滿了引人夢想的誘惑。

在這種情況之下，我也有點沉迷了。剛好有兩個騎兵走過，我便也跟在後面向前走去。他們走過的地方，裡面總傳出女人的笑謔，或是用手指彈玻璃、或是俏聲咒罵，可是那兩個人不停地走著，那些聲音也就越來越微弱，終於什麼也聽不見，靜寂又把我包圍起來，只有幾個窗口放射出暗淡的燈光，月亮在霧氣中照著。但這裡面的寂靜是騙人的，它正掩蓋不知多少的淫猥活動，我站在那裡憑空地在傾聽在窺探，對於這城市這街道以致我自己全都忘記了。

當我這樣出神地站著傾聽的時候，忽然傳來一種聲音，雖像隔得很遠，聽不大清楚似的，但一點不錯的那是用德文唱的歌聲。是一個女人的沒經過訓練的聲音，是道地的德文。真奇怪，在這麼偏僻的地方竟會聽到自己的鄉音，這是多麼親切可喜，同時又多麼勾起懷念。在這裡，有誰會說德國語，有誰會聽懂這歌？我順著那聲音傳來的方向，一家一家地去聽著，看到一個有微光洩出的窗口，窗子上還有側面人影映出來，越走進那歌聲越清楚，終於找到了，就是這一家！我在門口略為遲疑一下，便側身去掀開那門口的幔子想走進去。這時剛好有一位滿面怒容的男人走出來，和我撞了個滿懷，他望了望我，喃喃道歉著便走到巷子裡去了。我望著他的背影，心裡不由得在想「好奇怪的客人」。這時那歌聲繼續在唱著，像是對我在唱著，我昂然走進去了。

歌聲像被刀切斷似的，戛然而止，一陣可怕的寂靜向我襲來，給我一種什麼東西被我破壞了的感覺。等我的眼睛習慣了那房間內的幽暗光線時，才看見盡頭上有一酒檯、一張桌子、幾個凳子，顯然這是一間接待室，而真正的生意是在裡面。至於是什麼生意，那是不難猜想的，因為一條過道上有著許多的門，有的半開著，看得見裡面是臥室，在重重遮掩的燈光下，擺著雙人大床。在這接待室的酒檯旁，有一個女孩子坐在一張長榻上，手臂搭在桌子上，妝化得很濃，但一臉倦容。酒檯後面坐著個飽經風霜而又不修邊幅的胖女人和另一個相當漂亮的女孩。我進門說的晚安，竟好一會兒沒有回答，有點像走進荒涼的沙漠地帶似的可怕，我真想回頭走開，可是找不到適當的退出理由，只好無可奈何地在那桌子旁邊找了個位子坐下來。

像是忽然記起了自己的職務似的，那濃妝的女人站起身來問我要什麼飲料，從她說法文的語音中我立刻便認出了她就是那唱德國歌的人。我要了啤酒，她很疏懶地拖著腳步給我端來。按照著這種場所的規矩，她給我斟了一杯之後，自己也斟了一杯，傍著我坐下。她對我點頭舉起杯來的時候，那眼神像是在注視著遠處似的顯得心不在焉。我仔細端詳著她，那面孔還是很美的，五官非常端正，只是變得像副面具似的，因為那內在的生命之火已被磨滅殆盡了。同時處處顯露著卑污的痕跡，面色臘黃、眼皮沉重、頭髮蓬亂，嘴邊已有兩條深紋，衣服也欠整潔，聲音因吸煙喝酒過量變得有點嘶啞。這是那種煩倦得要死而又習慣地活下去的人。我困惑地向她搭訕著問話，她望也不望地喃喃回答，僅能看出她的嘴唇在動就是了，這使我覺得自己的到來是不受歡迎的。酒檯後面的女人張大了嘴在打呵欠，那個年輕的女孩子低頭坐在角落上，好像等我叫她。我後悔不該進來的，但現在我又像被好奇心吸住了似的坐著不動。實在說，那女人的漠然態度太奇怪了。

我身旁的這女人忽然發出尖聲怪笑，同時門口那裡進來一陣涼風，把桌上蠟燭的火頭吹得閃動著。

「你又回來啦？」這女人用德國語說，「還是圍繞著我糾纏嗎，你這下賤東西？那就來吧，我不會怎麼樣的——」

我先望了望這說話人的像在噴火一般的嘴，然後又向門口望去，進來的竟是剛才和我撞個滿懷的那人。他畏縮地把帽子拿在手裡，像個乞丐似的，在迎面落下的這些難聽字眼中，不由得發抖而又扭動不安，尤其聽了酒檯後面女人和她旁邊的女孩低聲竊笑，更顯得尷尬了。

「妳去陪他坐，富蘭克司，」我身邊的女人對那女孩說完之後，又轉向那男人說：

「你沒看見我正接了一位高貴的客人嗎？」

她說的是德國話，另外那兩個女人雖然一字不懂，還是照樣嗤嗤竊笑著，顯然這是一位常來的熟客。

「富蘭克司，給他開一瓶香檳，要最貴的那種。」又對男人輕蔑地說，「我的先生，你要是嫌貴的話就待在外面，別進來麻煩我們。當然，你是想一文不花地得到我，任何東西只要不花錢能得到的，你都想要。哈，你這卑鄙的傢伙。」

那麼高大的一個人，聽了這些話竟像被鞭打的狗一般縮著身子，走到酒檯上，用發抖的手自己斟了一杯酒，很顯然地他想向那侮辱他的女人望過去，但他又怎樣也無法把視線從地面上抬起來。燈光正射在他的臉上，我看到一個憔悴的面容和一些覆在額上的亂髮，他四肢也不大靈活，像是關節有毛病似的，這是令人可憐的一個傢伙，他缺乏氣力，但不是全無惡毒勁兒。他的一切都似乎是不正常的。他的眼睛不會直視，而且充滿了邪惡的光。

「不要理他，」那女人用法文說著，用力捏了我胳膊一下，像要把我從冷眼旁觀中拉回來。「我們的故事說來話長，不是一天兩天的糾紛了。」她咬牙切齒地像要咬人似的說著，又對那人吼著：「你乖乖地照我的話做去。我情願跳海也不會跟你走的，聽見了沒有？」

這幕戲又得到了酒檯後的一陣喝采，好像這鬧劇是每天都在翻新的。可是接著可怕的事發生了，那年輕女孩子忽然假裝親熱地把手搭在那男人脖子上，溫柔體貼的安慰起他來。他一面向後閃躲，一面向我望著，又急又怕。這時我身邊的那女人忽然拋開了她的懶散，像久睡初醒似的，臉上的肌肉不自然地扭曲著，手也抖得厲害。我實在不忍再看下去了，於是丟了點錢在桌上便站起身來，但是那女人拉住我說：

「你要是討厭他，我可以趕他出去。他最高興照我的吩咐去做事的。讓我們再來喝一杯吧。」

她做出非常熱心的樣子來挽留我，但我看出她的一切把戲都是做給那男人看，使他痛苦的，因為她總不時用眼角向他那方面望著，我看了之後混身覺得不舒服，她越對我親熱，那男人越畏縮，簡直像被火燒紅的鐵在烙著似的縮作一團了。我的視線再不能從他身上移開，而且看了他內心醞釀著憤恨嫉妒和欲望的風暴，不由得有點悚慄。不過，每逢那女人一望他，他就立刻害怕得低下頭去。她很得意把戲的成功，高興得有點發抖地便把身子向我依靠過來，那廉價脂粉的香味和不潔皮膚的汗氣，實在令人難受。我為了躲避的緣故，趕快向後坐了坐，從煙盒裡取出一枝煙來，還沒來得及點火，那女人便喊道：

「拿火來，你，快一點！」

竟把我也拉進她的把戲裡叫那男人來服侍我，這太可怕了，我連忙自己取出火柴來點，但她的命令已經被執行著，他拿著火柴走過來了。我們的視線遇到時，我看見他眼裡那種又羞又恨又怕的神氣，使我對他的屈辱生出無限同情，我用德國話對他說：

「謝謝您，先生，實在不敢當。」

我把手伸出來，他遲疑了一會兒也伸出他的瘦骨嶙峋的手來和我緊握著，他望著我的時候，眼裡露出感激的神氣來。但一會兒又低垂下眼皮。我真想請他和我們一起坐下來，也許我態度上已露出了這意思，不等我開口，那女人呵斥著：

「快回到你那位子上去，不要在這裡討人厭。」

她那潑辣的聲音和無理的態度，簡直使人難受得想作嘔，我為什麼要待在娼妓、懦夫、煙味、酒氣之間呢？我要趕快出去呼吸一下新鮮空氣。於是把桌上的錢向她面前推了一下便站起身了，當她打算拉住我糾纏的時候，我已經粗魯無禮地走到門口了。我不能參加這種凌辱人的把戲，並且明白地表示著對她的色相並不感興趣，這把那女人氣得臉紅頸粗，像有無數惡毒的話湧到了嘴邊，但總算忍住了沒說出來，只轉身向那男人狠狠地望著，嚇得那男人忙不迭地做著她不曾說出來的吩咐，伸手到口袋裡取出一個錢包來。顯然他也怕留下來和她面對面地在一起，但慌張之下，那錢袋的口竟一時打不開來。我看得出他不是用錢隨便的人，絕不像水手們那樣揮金如土。他一向付錢出去是要數了又數、看了又看的，就像他現在付香檳酒錢這樣。

「你看他拿錢出來心痛得發抖的樣子！」她說著更走近了他一點，「太慢了，我告訴你，先別走，等我……」

他嚇得不敢走動了。她看了他那害怕的樣子，聳了聳肩膀，鄙夷地說：

「我不會要你的什麼，我看不起你的錢。掏一個錢出來就像割你一塊肉。不過——」她走上去，打著他的胸口說，「你那麼小心地縫在衣服裡面的那塊紙頭是什麼？」

他像一陣心臟痙攣似的，一隻手趕快按在胸口上，直到摸了摸那地方之後，他的灰白臉色才恢復了正常，手也才又放下來。

「吝嗇鬼！」她喊著。

他聽了忽然轉過身來，把錢包整個地丟在那年輕女孩的膝上，然後回頭就跑，好像那地方失了火似的。開頭，那女孩愣了一下，可是接著便一陣一陣地大笑起來。

那女人怒氣沖天地站了一會兒，眼睛直直的，嘴唇緊閉著，身子卻是頹然無力了，顯得又老又醜，搖搖欲倒的樣子。

「到了外面，他就要哭他的錢了，也許會報告警察說我們搶了他的錢。明天他還會來的，但他絕不會得到我，誰給我錢，我就陪誰，但就是不陪他。」她走到酒檯上，灌下了一杯白蘭地，眼裡的惡毒眼光仍然存在著，但是像有了一層朦朧的淚影。我走出門去的時候說了聲「晚安」。那女老闆並不對我望著地回答了聲「再見」。

尖銳譏嘲的笑聲一直送我到了街上。

我繼續在這巷子裡向前走的時候，彷彿覺得比頭先更加幽暗，因為星光沒有了，夜更深了。可是不一會兒，月亮又露出來靜靜地射下清輝，給人無限安慰。我深深地吸了一口氣，剛才的恐怖景象總算擺脫掉了。現在我又再度領會著人類命運的奇異轇轕，想到在每一個窗戶後面都有命運的時候，每一個大門之內都有人生的資料可供觀察，使我心裡忽然充滿幸福之感，剛才那令人不快的景象已不再覺得可厭，相反地是那納悶的猜測鬆弛之後，變成一種很舒服的疲倦，一心只想快把冒險結束，而去做美夢。我上下地打量著這狹巷，不知哪個方向可以走回旅館去。一個人影忽然閃過來。

「先生，對不起。」一個很熟的說德國話的口音，「不該來驚擾您的，可是我怕您不容易找到出去的路，讓我來做個嚮導好嗎？請問您住的是什麼旅館？」

我把旅館的名字告訴了他。

「噢，我知道的，先生，讓我陪您去好嗎？」他謙恭地問著。

我感到一陣寒慄，讓這樣一個幽靈似的走路都無聲音的人走在身邊，太可怕了。這把對這水手進出的小巷的認識和方才的經驗都一下子變得夢幻似的感覺。我知道這身旁的人還是保持那軟弱的眼光和扭曲的嘴唇，他是想同我談話，但我並不想為了他而打破那剛把我包圍起來的慵懶。他的喉嚨在動著，使我感到一種不去幫助他的殘酷快樂，記起那個可怕的女人來。我也很高興這人的羞辱有個解釋的機會，但是無意幫忙，而讓一張沉默的幕在我們之間落了下來。我走路的聲音清楚有力和那蹣跚步伐對照之下顯得那麼不同，但我們彼此的靈魂卻一分鐘一分鐘地越來越接近著。那沉默也像變成了無聲的語言，到最後那拉緊的弦終於崩斷，他開口了。

「您剛才……您剛才看了幕話劇呀，先生。請恕我冒昧吧，要是我把這……先生，您一定認為我是個可笑的傢伙，但是，您要知道那女人……她是……」

他又猶豫起來，清了清喉嚨，才又低聲很快地說：

「她是我的妻子，先生。」

我一定是露出驚訝的表示，他趕快像為自己解釋似的繼續說下去：

「這是說，先生，五年前她是我的妻子，在我家鄉那裡。先生，您千萬不要把她想得太壞，她變成現在這樣子可說都是我的過錯。她本來不是這樣的，但我捉弄她、苦惱她。您知道，先生，我是不管她的貧窮娶了她的，她窮到連件換洗衣服都沒有的，什麼都沒有，而我呢，卻過得很好，可說生活得很舒服，至少，在當時我是有著資產，並且我也許是……她說得對……我很吝嗇。是的，在這大變故發生之前我就吝嗇。但是，您知道，我父親母親就是這樣，我們全家人都有這傾向。再說，我的錢都是自己辛苦掙來的。她呢，喜歡穿好的、吃好的，但是因為窮，她什麼都沒有，全要靠我供給，我就時時提醒她記住這一點。自從發生了這不幸事故之後，我才有時間反省，知道自己是不對的，這太傷她的尊嚴了，她是很驕傲的，非常驕傲的。請不要以為她一向就是您晚上所見的那樣子，相差太遠了，先生。現在的樣子全是裝出來的，她傷害自己是為了使我難受、使我痛苦。她實在很慚愧她的行為，她現在的這種生活。也許她是已經壞了，可是我不能這樣想，因為我總記著她一向是怎樣善良的，先生。」

過分激動使他的說話和走路同時都停了一下，並且張大了眼睛，我望著他也把自己忘了。他在我的眼中已不再是個可笑的傢伙，而他那些過分諂媚反覆喊著的「先生」已不再使我討厭了。他竭力解說的那分認真神氣使他變了形。他又開始說下去的時候，眼睛一直注視著地面，好像那路上印著他的整個故事似的。他長嘆了一口氣，聲音變得比我所期待的響亮了許多。

「一點不錯，先生，她是善良的——非常善良，並且對我也好，她很感謝我從貧賤中提拔她出來。我知道她是怎樣感激我，但是我要聽她說出來……時常地說……我對於那口頭上的感謝是永遠聽不厭的。您知道，先生，當別人把你看得比實際上的你更好時，是非常舒服的。為了聽這些字眼，我是很願意把錢拿出來的。但是她也有她的驕傲，她漸漸地覺得向我表示感恩變得困難起來，特別是當她被我要求著或命令著說這種話的時候。但是，先生，就這樣，我堅持著她需要的任何東西，一件衣服或一條花邊都要向我開口要。三年之久，我一直這樣虐待著她，她的痛苦越來越深。但是您要相信我，先生，這一切都是為了我是這麼狂熱地愛她。我愛她的驕傲，而又偏要屈辱她。呵，我這個傻瓜！每逢她要點錢買個帽子或別的什麼小東西，我總假裝不願意，因為我最快樂的享受就是找機會使她央求，看她受屈辱。那時候，先生，我從來沒想到她對我多麼好……」

他又停住了口，低頭蹣跚地走著，好像已忘了我的存在，以後的話受了催眠似的滔滔不絕地說著。

「直到那一天，我才發覺自己是多麼愛她，就是當她——問我要點什麼給她母親救急被拒絕了的那天。那並不是大數目……我實際上也把那錢預備出來了……但是我想聽她再要求一遍。可是當我回到家中的時候，在桌上看到一封信，知道她已出走了……她寫的是『留住你的該死的錢吧，我不會再向你要一個銅板』，就只這幾個字，再沒別的了。我三天三夜像個狂人似的。我花了很多錢雇人順著河流穿入森林，到處尋找著她，把四鄰都吵得不安，他們只是嘲笑我、責備我。尋不到她的蹤跡，一點蹤跡也沒有。幾個月後聽說有人在往柏林的火車上遇見過她，同一位兵士一塊。當天我就也趕到了那裡，把家裡的業務丟下也不管了。這一趟花了上千上萬的錢。我的工人、帳房……每個人都趁我不在的時候賺了個飽。但是，先生，我全不把這些放在心上了……我在柏林住了一星期……終於找到她了……」

他稍微停了一下，又繼續說：

「先生，您要相信我，我真的一句話也沒說她……我哭了……我跪在她面前……我奉上她喜歡的一切東西，答應她以後凡事由她作主，說我已經知道沒有她不能生活。我愛她的每一根頭髮、她身體的每一部分。我向那女老闆**（其實是所謂老鴇子）**要求讓我和她單獨會面一次。她的臉色灰白，但還聽我說話，好像很高興看見我。只是當我說到要付錢時——先生，您應該同意，我們總不能不討論這種實際問題的——她立刻招呼了兩個男人來吩咐了幾句話，他倆把我嘲笑著送出門去。但我並不就此離開她，還是一天又一天的趁空去看她，但她把我給她的鈔票全撕了，下次再去，她又不見了。呵，先生，你簡直無法想像我為了追蹤她做了些什麼，我追了她一年之久，到處花錢雇偵探。後來，發現她到阿根廷去了……並且……並且聽說她在一個很下等的妓院裡……」

他又遲疑了一下，那妓院二字好像哽在喉嚨裡一般，聲音有點變樣似的又說：

「我最初簡直不相信我的耳朵，可是接著便認為這都是我不好，都是因為我一向太屈辱她的緣故。我知道她是多麼驕傲的，她在那種地方怎麼忍受呢？我於是寫了封信給那裡的德國領事館，並匯了一大筆錢請轉交，但是不告訴她是誰匯給她的。這筆錢數目很大，用來做回家的旅費還有餘。不久我得到回信說，這計策果然生效，她就要坐船回來了。我聽說之後興奮得在船到達的前三天便到了碼頭上。當我遠遠看見那船上的煙時，我簡直像忍受不了它那進港靠岸的緩慢。最後總算在船尾上的人群中看見她了，不過因為她化的妝太濃，第一眼我幾乎不敢認她，她看見我在接她，臉色立刻變得灰白，雖有很厚的脂粉遮蓋著，還是看得很清楚，並且搖搖欲倒的樣子，她身旁的兩個兵士趕快把她扶住了。等她一上岸，我立刻便到了她身邊，那時我什麼話都說不出來，只想哭，她也是一聲不響地只望著我。我喊了腳夫拿行李，我們便動身到旅館裡去。她忽然轉身對我說……先生，您要是聽聽她那聲音呀！那麼悲傷，我的心都要碎了，她說『你現在還要我做你的妻子嗎？』……

我只能緊握她的手，她也直在發抖。我覺得總算一切都好了，呵，先生，我那時是多麼快活呀！到了旅館的房間裡，我快樂得跳起舞來，同時跪在她的面前喋喋不休——想來我說的那些話一定是非常好笑的，因為她眼裡一面含著淚水一面在微笑，並且用手梳理著我的頭髮，當然是遲遲疑疑的樣子。她這樣一來，我心裡更充滿了幸福和快樂，興奮得跳起身來，跑下樓去，吩咐他們預備晚餐——我稱它作我們的婚宴，我幫她換了衣服，一同下樓去大吃大喝。先生，我告訴您，那真是一頓快樂的晚餐，她像個小孩似的那麼溫柔多情，談著我們的家庭和各種事情怎樣重新開始……後來……」

他的聲音有點變低，並且抬手做了個憤恨的姿勢，像和誰相打似的。

「後來……那茶房……那個壞蛋——他看見我笑得那麼厲害又亂說亂跳的像小孩似的，以為我喝醉了！……我付錢給他。我剛才不是說他以為我醉了嗎？因此在找錢回來的時候，他少給了我二十法郎。我很生氣地叫住他要他非補還不可。他很羞愧的樣子，把留下的錢又拿出來放到盤子裡了。這時，突然地，我的妻子大笑起來。我莫名其妙地回頭望著，她的臉色完全變了……一臉的譏嘲、冷酷、憤怒。『還是老樣子，在我們的婚宴之後還是……』她冷冷地說著，但聲調裡充滿了感慨。我痛恨著自己……竭力想把這事一笑了之。……但是她的歡笑已經消失……死掉、過去了……她堅持著要分住兩個房間……我什麼都答應照做……我獨自躺在那裡睜大著眼睛，整晚在想明天買什麼東西來討她的歡心，來表示我已不再吝嗇……至少在與她有關的方面如此。第二天一早我便上街去買了一隻手鐲……拿著到了她的房裡……她不在那裡……已經走了……像以前那樣的走了。我到處看著去找她留下的字條……知道一定有，又希望著沒有才好……可是就在那裡……壓在梳妝檯上的紙上寫著……」

他猶豫地住了口，我也停下了腳步，對他那痛苦的臉望著，他低垂著頭，嘶啞地說：

「她寫著……『讓我安靜吧，我討厭透了你。』……」

這時我已經走到港口那裡，遠遠地，海水浪濤打破了夜的寂靜。帆船上的燈光像一些野獸的眼似的亮著。沒有一樣東西是清楚的，我只是感到它們的存在，而不是看見。那城市已沉入無邊的睡夢中。我身邊這個人的影子也顯得更大了似的，但走到路燈下面又突然縮小。我不想說話，也無意去安慰他或是詢問他什麼。沉默又在我們之間落下來。可是，忽然他又抓住我胳膊，顫聲說：

「我不得到她是絕不離開這城的……找了她這麼久之後……就是做個殉道者也情願的……先生，我求您勸她兩句……要是我說，她就不要聽，呵，先生，您不能告訴她應該怎樣嗎？請您試試吧。先生。……我不能老這樣生活下去。我再也受不了看著別的男人到那裡，並且知道她在出賣自己的肉體，又看著他們從她那裡笑著罵著走出來。現在附近的人都認識我了，每逢看見我在她門外徘徊就譏笑我……我快要發瘋了，先生，求您對她說說吧，您是過路的人，我知道，先生，但是看在上帝面上，勸勸她吧。一個家鄉來的人在這外面遇見了，對她容易有影響的。」

我想從那人緊握的手中抽回我的胳膊。憎惡沖淡了我的同情。他覺出我要擺脫他的時候，竟撲通跪下來抱住我的腿說：

「求求您，先生，對她說吧，請務必——不然要發生不幸的。我的錢快要花完了，可是我不能走開，留她在這裡，留她活著在這裡。……我買了一把刀，先生，我不能讓她留在這裡，至少不能讓她活著留下來，我受不了。先生，求您同她談談吧。……」

他正在央求的時候，有兩個警察走到這街上來了，我趕忙把他拉起來。他茫然地望了我一會兒，又完全變了一種聲調，說：

「在第一個路口向右轉，走不多遠就是您那旅館了。」

他又再望了我一眼，他的眼珠像蒙了一層霧似的，轉身走開不見了。

我覺得有點寒冷，裹緊了一下大衣，一種像喝醉了酒般的慵倦向著我襲來。想去思索一下剛才的所見所聞卻總提不起精神，回到旅館便上床去睡了。

清早醒來對於哪是夢境哪是真實，一時無法分清，並且我心中也好像有點東西阻止我去分辨。我醒得很晚，異地作客，無事可做，便去參觀一個以嵌鑲細工聞名的教堂。但我的眼睛一點也看不進去，昨晚的遭遇總浮現在心中，我的腳不知不覺地又把我帶到那小巷的地方去。但這種場所白天是不活動的。所有的房子都像罩著灰沉沉的假面具，除非是常來的熟人，很難分得出它們彼此的不同。儘管找來找去還是沒有找到，只好失望而疲倦地又回到旅館。

火車開車的時間是晚上九點鐘，我對於離開這裡說不出為什麼竟有些悵然之感。腳夫給我拿著行李往車站去，經過一個十字路口時，我忽然看見昨晚到過的那家門口，於是叫腳夫停下來等一會兒，我跑過去想看它最後一眼，證實我那奇異的真實。一點不錯，就在這裡，還是像昨晚一樣幽暗，月光閃耀在玻璃窗上。我走近時，看見一個人影閃過去，正是那德國人，他站在門口招手叫我，但我卻驚慌恐怖得縮回了身子，自然也是因為怕耽誤了火車。

在轉彎的地方，我不禁回頭又望了一眼，看見那人正向門裡走去，他推門的時候，手裡有著一塊發亮的東西，不知是銀幣還是鋼刀在月下閃耀。

# 讀《一位陌生女子的來信》有感

鍾梅音

人性，真的像一塊豆腐干似的，可以讓我們把它切成兩塊就是兩塊，四塊就是四塊嗎？

假如人性的善惡真是這樣容易劃分，豈不省了許多宗教家、哲學家與小說家的氣力？

讀了奧國近代作家褚威格的《一位陌生女子的來信》，使我覺得作者對人性的看法，實獲我心。不，只能說，歲月使智慧慢慢成長，好容易到今天才讓自己的襟懷勉強達到他那種境界。

這是一本短篇小說集，包括〈一位陌生女子的來信〉、〈蠱〉、〈奇遇〉、〈看不見的珍藏〉、〈情網〉、〈月下小巷〉六篇，自從今年四月出版以來，到現在已經三版，有一位讀者曾說：「雖然褚威格的作品都是低調的，但我說不出自己為什麼這樣喜歡它。」

我想，他所謂「低調」，可能是指的流露在作品中的深沉的憂鬱與同情，以及褚威格那樣一縷清泉似的不動聲色的行文風格。作品能以這種不炫耀、不誇張的面目見人，自具有千鈞筆力、日久彌新，正解答了褚威格何以能夠不因歲月逝去而褪色的原因。

〈一位陌生女子的來信〉寫一位名小說家亞爾，在他四十一歲生日那天，接到一封沒有署名和地址的來信，開頭的稱呼是「你，永遠不知道我的你。」

接著就從這封信裡，說出一個女子和那位小說家的離奇遇合。她在少女時代就崇拜他，暗暗地愛上了他，甚至曾被他帶回家去度過三個晚上，第一晚當然很高興，第二晚也還新鮮，第三晚就膩了，小說家宣稱要出去旅行，等回來再與她聯絡，以後便音訊杳然。

可是這女孩卻留下了「罪惡的種子」，為此，她付出了極悲慘的代價。孩子是在住滿乞丐的救濟院裡出世的，完美得像他父親的化身，為了豪華的供養和栽培，那女孩做了妓女，但對那位小說家仍然癡戀不已。以後又曾以「應召女郎」的身分與他再度幽會，經過一夜風流，仍不認識她，甚至不能分辨出情人與蕩婦的不同，而且第二天早晨又說要去旅行了。

那女子非常傷感，他卻不信她真的傷感，他早已忘了從前的事，也早已忘了當年那天真純潔的小女孩，還付了她夜渡資。她接過錢，含淚衝了出去，正遇見男主角的老管家，這位老管家卻認識她，驚愕地望著她，她感激得恨不得跪下來吻他的手，並且把夜渡資塞給了他。

以上是故事的高潮，結束時那可愛的小男孩死了，女主角痛不欲生，願隨愛兒而去，這才原原本本寫了這麼一封遺書寄給男主角，可是作者卻用一種輕飄飄的筆調終篇，男主角雖然明白了，仍舊想不起是誰——他經過的女人太多了，實在想不起是誰。「他不由得打個寒噤……一陣冷風吹進他這嚴密的室內來，傳來一個死亡的通知，一個不朽愛情的顯示，這個無形而多情的女人，像遠處飄來的音樂似的震撼著他的心靈。」

如此而已，如此而已！

他已過了做羅密歐的年齡——即使退回去二十年，他也不會做羅密歐，世上男子本來不會個個都做羅密歐，卻可能個個都像這位男主角，因為這才是一般的人生。褚威格並不討厭這位男主角，你瞧他給了他多美好的造型：「你穿著一身淺褐色服裝，上樓的時候，帶著少年人的輕快，兩級一步地跳上去。你的帽子拿在手上，我很清楚地看見你那神采奕奕的面孔和年輕人的頭髮。你的英俊瘦削而又整潔的外表，把我驚嚇住了。」

以上是女主角和他相遇時的剎那印象，還有不久以後，她發現他對接近的女人有種特別的眼神，那是一種撫愛、一種迷惑，一種立刻能進入人的心中，使人無法抗拒的天生魅力——這不正是一幅「多情種子」的畫像嗎？這樣的男子確是可愛，但一愛上就自找煩惱。

不僅如此，褚威格還以他輕巧的筆尖淡淡地揶揄男主角：「我不願洩露你的秘密，因為你是喜歡來去自由無牽無掛，你怕糾纏在另一個人的命運中。你願意隨心所欲地把自己給與全世界，但不願做任何犧牲。」這不又正是一位才華橫溢的小說家的畫像？無論音樂、美術、文學的創作者都是自私的，他們是至性中人，可以慷慨成仁，卻很難從容取義。拜倫可以為希臘反抗奧圖曼帝國而死於疆場，可是太太才只病了三天就不耐煩了。高更為了學畫可以拋妻別子，連職業也犧牲，置家人生計於不顧，但你不能說他不愛這個世界。

「我還是愛著原來的你，原來就是熱情善意慷慨而不忠實的你……昨天死去的孩子是你的，你會奇怪我為什麼不早告訴你？」在這兒，褚威格對人性的弱點有著嚴峻無情的剖析。他讓女主角假想了許多情況，包括他可能要她墮胎，這是她抵死不會答應的，所以瞞住了他，卻讓自己戴上了荊棘冠，負起了十字架。

如果你用客觀的看法去推斷，世上真有這麼癡，又這麼「賤」的女子嗎？她被心愛的人玩弄過以後，發現自己在對方的心裡和妓女沒有兩樣，苦苦單戀了一輩子，完全是自作多情，竟能至死不悟？那麼，是否作者自己「一廂情願」，在強調

「絕對的愛」呢？

褚威格的小說，情節大多類此想入非非，在現實世界裡可說絕無僅有，但由於狀寫傳神之逼真，心理描摹之細膩，又兼人物造型之生動，如見其人、如聞其聲，使讀者自然而然地跟著他走，並且因此對人生獲得更深的了解，對人性也有了較能寬容的度量。所以我們讀小說不能囫圇吞棗地只看故事，應當兼能欣賞文字、氣韻、和技巧的美，以及作者的思想和感情；至於批評誰該這樣，誰不可能那樣，反而跡近焚琴煮鶴了。

第二篇〈蠱〉，更使我確信褚威格與我們曹雪芹一樣偏愛女性。在〈一位陌生女子的來信〉中，女主角雖然做了妓女，她的愛卻是超凡人聖的；〈蠱〉裡的女主角在她丈夫遠離時做下錯事，而她的結局仍然令人一掬同情之淚。

〈蠱〉的故事是這樣的：一九一二年三月，那不勒斯港內，一艘大郵輪卸貨時發生了一樁離奇事件，到底是什麼「離奇事件」？作者且先按下不表，卻用懸宕手法繞了很多圈子，可是在繞圈子當中，沒有一句廢話，他努力製造一種神秘得近乎恐怖的氣氛，處處吸引著讀者的好奇心，一面加重故事展開的壓力；並且就從這種懸宕中，我們先約略知道了一點男主角的個性。

當「言歸正傳」以後，又改以男主角的第一人稱發展，他是一位醫學博士，十年前任職於一所德國的外科醫院，非常權威，英年有為。可是一次糊塗戀愛，使他做下一件糊塗錯事而斷送了前途。正好荷蘭政府招募到殖民地去服務的醫生，「我知道那熱帶開墾地區的墓碑比園裡的蔬菜繁殖得還快……回想起來，我把自己賣給這熱帶地區做奴役的那天，真是個詛咒的日子。」

可是後來毀了他的，並非熱帶的惡症。

起初他還發憤工作，努力研究，直到難耐的孤寂與酷熱耗盡了他從歐洲帶來的銳氣，便沉湎於飲酒，好在這時已過了七八年，再掙扎兩年就可恢復自由回歐洲了。

「雨季剛完，我已經聽了好幾星期的雨聲，而沒見過一個人，一個白種人……有一天我正俯身在看一張地圖，夢想著將來怎樣去遊那些名都大邑，忽然我那兩個僕人驚慌失措地跑進來說有一位白種人——一位白種婦人要見我。」

當他匆匆整裝下樓，那位夫人已經坐在那裡了，背後還立著一位中國小僮。不等他開口，她便寒暄起來，遠遠地兜著圈子，一面站起來翻他架上的書籍，花言巧語後面顯然隱藏著焦躁不安。

男主角也不簡單，一直暗裡打量她的真正來意，兩個人「冷戰」了好一陣子，終於弄清楚她是想來請他墮胎，雖然我們始終沒看見「墮胎」兩個字，男主角也一直假癡假呆裝著不懂。就在這些微妙的對話中，女主角那種驕傲、倔強、冷淡，而又充滿理智的個性完全顯露出來了。

整個故事雖然是「單線進行」，可是心理過程變化萬端，這種變化大部分是表現在活潑的對話，而非沉悶的描寫，一步逼緊一步，簡直令人透不過氣來。

這位醫生執著於男性的自尊，又震懾於那位女主角取下面紗以後所顯露的驚人的美麗，可是更憎恨她的裝模作樣、冷酷無情，「從一見面她那假裝無所謂的樣子就激怒著我，她的傲慢引起了我的反抗，她的態度挑撥起我那潛伏的邪惡——那人人都有的邪惡。我氣她擺出的貴婦架子，氣她對於一件有關生死的事情表現得那麼冷靜。再說一個女人絕不會玩著高爾夫球就懷了孕的，我憤怒地想著在她心中我不過是件工具……我要像那個不認識的男人一樣征服她、佔有她。」

當那女子知道他的企圖以後，一怒而去。男主角良心受到責備，悔恨之餘竟像中了「蠱」似地一直追進省城，可是那女子不再相信他，只當他是個來意不善的惡徒，還有她強烈的自尊也迫使她必須堅拒，最後竟找個巫婆替她墮胎，當男主角趕到時已經遲了。

他要把她送進醫院，可是她不肯，因為一進醫院就會被人知道墮胎的事，他只好把她連夜送回家，看著她流著血慢慢死去。作者形容男主角的痛苦道：「我不能了解一個人怎麼竟能度過那些時刻而沒有和她一同死去。」

以後為了保密，他捏造一個死因告訴每個來人，並且以戲劇性的場面，用手槍迫使那位當地的主任醫師作假證明，「他一走，我的力氣便垮了，我跑到她床前倒下去，就像那狂奔的中蠱者，終於被射擊倒地了。」

高潮還沒過去，第二男主角又出現了。

「這個被我完全遺忘了的不認識的人，我非常想見一見他……這人是為她深愛，甘願獻身的，如果這是前一天，我會恨他，把他撕碎，但現在我急想見他，因為他是她所愛的，我也愛他了。」

「我走進前廳，看見一個年輕的，非常年輕的金髮軍官手足無措地站在那裡，他蒼白瘦削，那樣子是剛剛成年而急於要表現男子氣概……他完全符合了我想像中她所愛的人的樣子，純真英俊而又溫柔，我真想給他一個熱切的擁抱。……他拼命鎮壓著自己的激動，含著淚說：『我知道不該進去，但我想再見勃蘭克太太……最後一次。』」

由於兩個男主角都深深愛著她，接著又出現一個非常感人的場面，可是為了徹底保密，連第二男主角也不知道真正的死因。

以後的事，還有那不勒斯港口的「離奇事件」，都留待讀者們自己去「探險」吧，就內容的豐富與表現的手法來說，這篇顯然又勝過〈一位陌生女子的來信〉。

它有著劇烈的震撼人心的力量，令人如飲醇醪。

使作品產生這種力量時，除了深入人性的剖析，還有造型的成功。這又使我想起我們有些小說的人物，連痕跡都不曾落下一點，可能毛病出在著力不深。如果拿雕塑來比喻，我們的小說人物彷彿指南宮裡的神像，浮華而又陋俗，充滿匠氣；褚威格筆下的人物則一釘一鑿都來自生命的律動，那是羅丹的心血結晶，千錘百鍊產生出來的。他們不塗脂抹粉，卻有著攝人心魂的特質。

讀完了〈蠱〉，掩卷沉思，把一個一個人物都數過來，誰該受責備呢？女主角？男主角？第二男主角？勃蘭克先生？……褚威格同情每一個人，不過對女主角還是十分偏愛，他給了她那麼美好的造型，「這小僮和我都是情願用自己的生命換取她的生命的，從這點就可見她加於人的力量有多大，我被這力量懾服得連救她都不敢。」

像這樣去形容一位女子出色的性格，雖只寥寥數句，可是著力之深勝過連篇累牘的抽象形容詞，其內蘊之豐富也非淺人所能領略。我們讀書不只用眼，還要用腦、用心、用思想、用感情。一部小說評價的高低，也應以此為準，所以古人說好書不厭百回讀，如果只用眼睛「掃」一次就夠了，那證明作者還須努力。

這本集子裡還有幾篇也令人讀了低徊再三，為了篇幅不再引述，它能如此動人，譯者沉櫻女士功不可沒，她既能體會入微，又能曲盡其妙，是位理想的翻譯家，她那優美的筆調如行雲流水，卷舒自如，因此篇篇珠圓玉潤、渾然無疵，讀她的譯文，就像讀自己人的創作。相形之下，轉而覺得我們有時讀自己人的創作，竟疑是譯自洋文，像「遂如古銅色的薄暮，你失落於茫茫……」「他不會這麼殘酷，我想。」「我不認為你應該……」

可是我們學了半天，只學來歐化的文法，膚淺的外型；並未學到人家精緻的肌理、深厚的力量，等而下之，有些小說成了平鋪直敘或矯揉做作地講故事，文學的成分越來越少。

還有一個分別作品高下的辦法就是看結構，劣作如酒精摻水，味既不醇，而且給人的印象是鬆懈、粗糙；佳作則是每一小節都緊緊扣牢，互相呼應，沒有多餘的字或句，史篤謨的「茵夢湖」給我的印象也是如此既精且純，這使我想到德國文學的精純風格可能與他們的民族性有關（他們絕不肯「讀書不求甚解」的）。褚威格不但重視一篇作品的結構，也重視一本文集的結構，所以他的每篇文章都是一種完美，每一本書都是一種和諧，像用精細的藝術計算好寫出來的，對於自恃才華倚馬千言的作者，褚威格的作品是最好的榜樣。

五十六年六月

# 我讀褚威格的小說

羅蘭

當我提到褚威格的作品時，常常會不由自主的把他的一「篇」小說，說成一「首」小說。因為在我的感覺上，他的小說彷彿是一首一首的音樂。它們的結構那麼嚴謹、文字那樣優美、節奏那樣生動、主題那樣鮮明，而內涵又那麼豐富。沒有一個不諧和的音符，沒有一個不必要的音節或樂句，而全篇的進行總是如音樂般的流暢自然，像一條潺潺流去的美麗的小河，使你一路讀來隨時都感到無上的愉悅與滿足。

〈一位陌生女子的來信〉和〈情網〉好像兩首纏綿悱惻的間奏曲（Intermezzo），〈奇遇〉〈女教師〉與〈怕〉，典雅都麗如譚詩曲（Ballad）或古典芭蕾。他的作品兼具民歌的清潔淳樸和宮廷音樂的高雅堂皇。我想，可能出生在那音樂之國的作者，天然就具有了這份音樂氣質吧？假如你知道褚威格原是奧國人，這一切也就不足為奇了。

我一直嚮往一種精鍊的小說風格，它們不是讓你在百無聊賴中去消遣的，也不是讓你苦思焦慮去鑽研的，而是讓你用怡悅而激賞的心情去感受的。換句話說，美好的小說，可能做到在文字方面如詩，在布局方面如畫；而其進行的節奏如音樂之順暢，其內在的意義如宗教之虔誠。

〈一位陌生女子的來信〉是我最早讀過的褚威格作品。但真正給我深刻印象的卻是另一篇小說〈怕〉。這篇小說十幾年前在聯副發表的時候，我偶然注意到。當初只是隨便看看，豈料一看之下，便被作者那安閒而又深入的筆調所吸引，使我以迫切的心情逐字的讀下去，直到終篇。他的風格是浪漫的，實質卻是嚴肅的，而他作品的哲學性、啟發性、與教育意義又是那樣的鮮明而強烈，使人一讀之後就不會忘記。

他的另一篇作品〈奇遇〉也具有同樣令人震撼的力量。〈奇遇〉寫一個有錢有地位而生活冷淡乏味的紳士，如何在一個偶然的機會，打破他一向虛偽造作的生活，找回了真正的人性，而重新嘗到了生命的歡躍和對人生的熱忱。他藉一個輕鬆有趣的人物來表現他對人性深入的探討與了悟，所帶給讀者印象之明晰與感受之深刻，實在勝過多少嚴肅冷硬的哲學理論。

作者時常有意用最不「文學」的方式，以一個不會寫文章的主角做他的代言人。用那種最天真、最平凡與最不加修飾的口吻，道出令人折服的至情與真理，而能夠妙造天然，使讀者就由這些不加修飾的敘述中得到最深切的真實感。其格調之高雅與思路之清晰，真是「開門見山，水清見底」，而它的深度卻就蘊含在這難得的淺易之中。

他這種寫法當然不是專靠功力，也是來自天賦的才華。他實在不只是一位作家，而更是一位哲學家和藝術家。

沉櫻女士以前也譯過不少各國作家的作品，但我卻是由喜歡褚威格的作品而和她結識。我佩服她那恰如其分的譯筆，能夠完全擺脫開一般譯作生澀拗口的毛病，而使原作者仍能以其優美瀟灑的姿態出現在讀者面前。

有人說：「翻譯是再創作。」沉櫻女士修正了這句話，說：「翻譯是『半創作』。因為內容結構是人家的，譯者只在遣詞造句的筆調上以及字裡行間的意味上用心就行了。」這也正表現了沉櫻在顧到譯文的流暢優美的同時，是如何重視對原作的「忠實」。

沉櫻譯作的成功，除由於她中外文的高度修養之外，我想是她懂得選擇與自己氣質接近的作品，而使自己在「半創作」的過程，能夠事半功倍而樂在其中，更是她成功的最大原因吧。

一位陌生女子的來信 / 斯蒂芬・褚威格著；沉櫻譯. -- 四版.-- 臺北市：大地出版社有限公司,2022.01
面：　公分. --（大地叢書：44）
ISBN 978-986-402-353-0（平裝）
882.257　　110020045

# 一位陌生女子的來信

大地叢書 044

| | |
|---|---|
| 作　者 | 斯蒂芬・褚威格 |
| 譯　者 | 沉櫻 |
| 發行人 | 吳錫清 |
| 主　編 | 陳玟玟 |
| 出版者 | 大地出版社 |
| 社　址 | 114台北市內湖區瑞光路358巷38弄36號4樓之2 |
| 劃撥帳號 | 50031946（戶名：大地出版社有限公司） |
| 電　話 | 02-26277749 |
| 傳　眞 | 02-26270895 |
| E-mail | support@vastplain.com.tw |
| 網　址 | www.vastplain.com.tw |
| 美術設計 | 成樺廣告印刷有限公司 |
| 印刷者 | 博客斯彩藝有限公司 |
| 四版一刷 | 2022年01月 |

大地
定　價：250元